暗夜鬼譚

血《ち》染《ぞめ》雪《ゆき》乱《みだれ》

瀬川貴次

集英社文庫

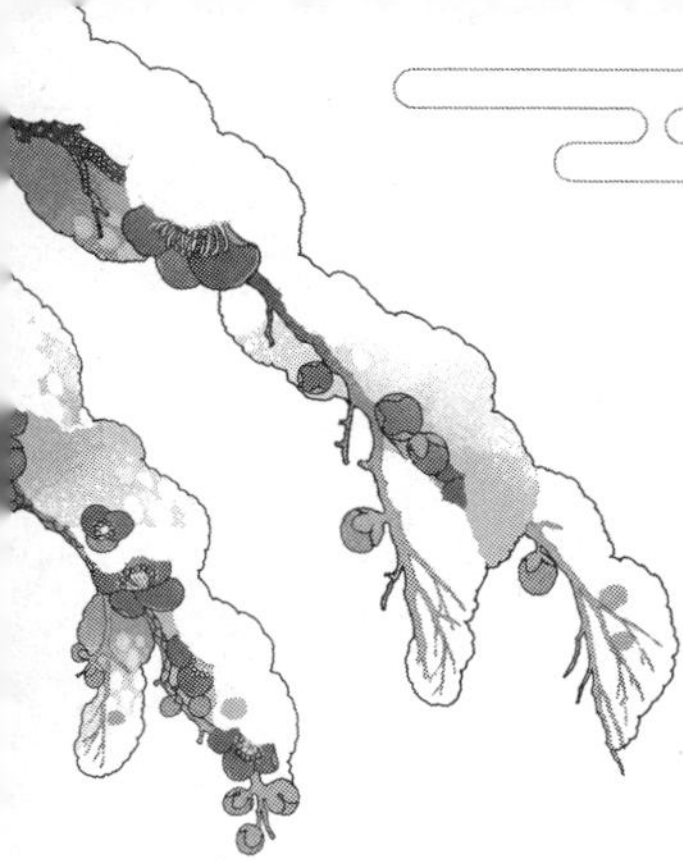

目次

CONTENTS

ANYAKITAN

暗夜鬼譚

ANYAKITAN

血《ち》染《ぞめ》雪《ゆき》乱《みだれ》

血《ち》染《ぞめ》雪乱《ゆきみだれ》

第一章　血を吸う鬼

　夜の大気は凍《い》てつかんばかりに冷たく、そのむこうに浮かぶ細い月は霜でこしらえたかのように白い。

　白くて痩せた月と夜の闇が描く、墨絵のような光景の中を、大堰川《おおいがわ》が流れていた。このあたり、都の西のはずれは、夏には平安貴族の避暑地となる。しかし、こんな真冬の夜中では誰ひとり通う者もなく、寂しさばかりが漂う。

　そこへ、櫂《かい》が水をかき分ける音が聞こえてきた。数人の読経の声も微《かす》かながらに混じっている。それらは、下流から上流へと静かに進む船から洩《も》れ聞こえていた。

　船の真横には、さらに小ぶりな舟が一艘《そう》、付き従っていた。そちらの小舟では篝火《かがりび》が焚《た》かれ、水面《みなも》にゆらゆら揺れる赤い光を投げかけている。

　大きめの船の上でも火は焚かれていた。ただし、それは篝火ではなく護摩壇《ごまだん》の炎だ。

　護摩壇を向いて座しているのは、もちろん僧侶だったが、彼が唱えている言葉はどうも普通の経文《きょうもん》らしくない。まるで、陰陽道《おんみょうどう》の祭文《さいもん》のようだ。船上にはほかにも数人の僧侶がいて、法螺《ほら》を吹き、錫杖《しゃくじょう》を鳴らし、鉦鼓《しょうこ》を打ち鳴らしながら、同じ文言を唱えている。

僧侶たちの奏でる異様な音曲《おんぎょく》は、船上におどろおどろしい気配を生み出していた。いや、船上ばかりでなく、清浄な冬の大気が次第に邪気に染まっていくかのようだ。

最も濃く邪気を放っているのは、護摩壇の前に置かれた藁《わら》の人形だった。

一見しただけで、その人形が何に使われるのかは明白だ。あまりにも定番すぎる道具だから。僧侶たちが船上で行っているのは、まぎれもなく呪詛調伏《じゅそちょうぶく》——

夜の広がりのほうが大きくて、彼らの不吉な音曲は、奏でる端から静けさの中に呑《の》みこまれていく。夜が、闇が、なんとかして自らの清らかさをとり戻そうと足掻《あが》いていたのかもしれない。が、そのおかげで、船は誰にも気づかれずに大堰川を溯《さかのぼ》っていけた。

怪しげな読経が中断したのは、ただ一度。上流から流れてきた何かが、小舟の先端にカツンと当たったときだった。

小舟の水夫《かこ》が身を乗り出して、それを拾いあげた。けれども、たいした物とも思えず、水夫は儀式の邪魔をしたそれをすぐに捨てようとして、僧侶に止められた。それも、護摩壇の前に座していた、いちばん発言力のありそうな僧侶に。

「何を拾った？」

下位の僧侶がその問いを水夫に伝える。水夫はおびえて首を横に振った。

「いえ、大したものでは」

「いいから見せてみよ」

ひどく恐縮しながら水夫は身を乗り出し、それを船上の僧に差し出した。受け取った僧は、護摩壇の前に座した高僧のもとへすぐにそれを運ぶ。

高僧はしばしそれを検分し、護摩壇の前に置かれていた藁人形を脇にどけると、代わりに、川から拾いあげたものをそこに置いた。

やがて、船が再び動き出し、読経も再開される。夜を不気味に震わせるその声は、前より熱が入ったように聞こえる。しかし、それを知るのは、船上の者たちを除くと、天空の白い月しかいなかった。


平安京の正親町小路《おおぎまちこうじ》にほど近いその邸《やしき》は、お世辞にも立派とは言いがたい、いかにも中流貴族の持ち物らしい小ぢんまりとした家だった。

その一室で、大江夏樹《おおえのなつき》は柱に寄りかかり、ぼうっと宙をみつめていた。彼はまだ十五歳ながらこの邸を預かる身であり、たいした伝手《つて》もないのに、帝《みかど》のそば近くに仕える蔵人《くろうど》に出世していた。

遠い周防国《すおうのくに》に国司《こくし》として赴任している父親は大喜び。亡き母に代わって、長年彼を慈

しんできた乳母《めのと》も、

「桂《かつら》は信じておりましたわ。夏樹さまの御母上は北野《きたの》の大臣《おとど》の孫姫君。やはり、持ってお生まれになった気品というものがおありですもの。さすがは主上《おかみ》、それを見抜かれたのですね。けれど、まあ、元服されて一年も経《た》ぬうちに、よくぞここまで……」

そして、よよと泣きくずれ、

「ああ、御方《おかた》さまが生きておいででいらしたら……」

と、いつもの昔話になだれこむのである。

興が高じると、北野の大臣がいかに優秀であったか、それゆえ権力者に睨《にら》まれて九州の大宰府《だざいふ》に左遷されてしまい、どれほどつらい日々を送ったかまで物語り始める。いくら桂でも、曽祖父の時代から生きているはずはないのに、あたかもその目で見てきたかのように話すのだ。

話自体はおもしろいが、幼少の頃からくり返し聞かされていれば、誰だって飽きてくる。それでも、最近めっきり年をとった乳母が相手だけに、これも孝行だと思って夏樹はおとなしく耳を傾けてきた。

しかし、そんな忍耐力も、いまはない。すべて、紅《くれない》に燃えたつような秋の東国に置いてきてしまったのだ。

瞳を閉じれば、まぶたの裏に、真っ赤な紅葉《もみじ》が舞い落ちる。落ち葉はやがて紅蓮《ぐれん》の炎と変じ、生あるもののように踊り狂う。

幻の炎の中からは、さらに濃く赤い火柱があがる。それはたちまち、艶《あで》やかな紅葉《もみじ》襲《がさね》の唐衣《からぎぬ》をまとった、美しい女人に転じた。

肌の白さや髪のつややかな黒さが、唐衣や周囲の炎の赤に映える。だが、いちばん印象的なのはその瞳だ。彼女の瞳は、これといった不幸もなく育ってきた夏樹には、想像もできないような絶望に満ちている。

夏樹も幼い頃に実母を亡くしてはいたが、幼すぎて母の死に関する記憶そのものを持ち合わせていなかった。ずっとそばに乳母の桂がいたから、いまひとつ、喪失感も稀薄《きはく》なままで済んでいた。だからこそ、彼女のまとう昏《くら》い絶望に惹《ひ》かれたのかもしれない。

赤い唐衣をまとった彼女の名は滝夜叉《たきやしゃ》。その昔、東国で反乱を起こした平将門《たいらのまさかど》の娘。

そんなこととは一切知らぬ夏樹は、ひと目《ひとめ》で彼女に心奪われてしまった。

本当に、こんなふうにずっとひとりの女のことばかりを考えるようになったのは初めてだった。初恋、だ。

しかし、甘美な想《おも》いに酔っていられたのは、ほんのつかの間。滝夜叉は姉弟たちとともに、帝の殺害を企《たくら》んでいた反逆者だったのだ。企みは失敗に終わり、滝夜叉は東国へ逃げた。夏樹はおのれの恋心に決着をつけたくて追っていったが、ついに彼女を捕らえることはできなかった。

たとえ、滝夜叉が謀反を企んでいなかったとしても、最初から手の届く存在ではなかったのだ。彼女には密《ひそ》かに慕う相手がいて、夏樹の恋は一方的な片想いにしかすぎなかった。面と向かって自身の想いを伝えることすらできなかった。

いま、滝夜叉はもっと遠い存在になってしまった。その生死すらもわかっていない。きっとどこかで生きていると、信じ続けてはいるが……。

滝夜叉のことを思い出しただけで、目頭がじんと熱くなってきた。頭では、もうだいぶふっきれたと思っているのだが、涙腺がそれを裏切る。

(本当に、馬鹿だよな……)

終わった恋なのに、まだ縛られている。自嘲の笑みを浮かべて、夏樹は片手で顔を覆った。指先がほんの少し、涙に濡《ぬ》れる。

自分で自分を哀れんで、心の傷を舐《な》める。早く癒そうとしているのか、そこに傷があることを確認したいだけなのか、もはや定かではない。

しかし、いつまでもほろ苦い感傷にひたってはいられなかった。乳母の桂が部屋に入ってきたのだ。夏樹はあわてて涙をぬぐった。

「なに、桂?」

「今日は風が冷とうございます。このままでは風病《かぜ》をひかれかねません。蔀戸《しとみど》を閉めさせていただきますわ」

どことなく邪険な口調で言いながら、桂はずかずかと部屋を横断し、蔀戸のほうへ向かおうとする。

「閉めたら暗いよ。寒くはないから、そのままにしておいてくれないか」

夏樹が投げやりに言うと、桂は枯野色《かれののいろ》（黄褐色）の袿《うちき》の裾をさっとさばいて、そばにすわり、

「では、閉じこもってばかりいないで、お出かけになられてはいかがですか？」

と外出を勧めてきた。

「それもなぁ……」

「ああ、そうでしたか。今日はご気分がすぐれなくて、御所に参内《さんだい》なさらないのでしたわね。お元気に外出されたところを、同僚のかたがたにみつかったら大変ですわ。でも、近場でしたらよろしいのでは？」

いつもは優しい桂だが、どうも最近こちらに対する風当たりがきつい。東国から戻ってきたばかりの頃などは、あれこれ気を遣ってくれていたが、いつまでもぐずぐず思い悩んでいる夏樹にさすがに堪忍袋の緒が切れたらしいのだ。

桂の気持ちはわかる。いつまでも失意を引きずっている軟弱な自分に、いちばん嫌気がさしているのは夏樹本人なのだから。それなのに、どうにもできずに無為に時間ばかりを重ねている――

「近場か……。わかった。ちょっと隣に行ってくる」

隣と聞いて、桂の眉がぴくりと動いた。夏樹がこれから出向こうとしている場所に、彼女はあまりいい印象を持っていないのだ。しかし、以前とは違って、訪問をやめさせようとはしない。

「あのようなところに入りびたるのは感心しませんけど、お部屋でじめじめされるよりはましですわね」

いかにも不本意といった感じだったにしろ、お許しは出た。これ以上何か言われる前に退散しようと、夏樹はそろそろと立ちあがる。

「ああ、でも」

急に声をかけられ、夏樹はぎくりとして動きを止めた。

「何かな？」

「暗くならないうちにお戻りくださいね。この間、うちの家人《けにん》が隣家をうろつく物の怪《もののけ》を見たそうですから。なんでも、身体《からだ》は人間なのに頭は馬で、目は爛々《らんらん》と不気味に輝き、口からは真っ赤な炎を噴き出していたのだとか。万が一、夏樹さまがそんな物の怪に食い殺されでもなさったら、桂は周防守《すおうのかみ》さまになんと申しあげていいか、わかりませんもの」

そんなことには絶対ならないと夏樹も知ってはいたが、桂にうまく説明する言葉がみつからない。

「……うん、気をつける」

それだけ言うと、夏樹はそそくさと庭に下りた。彼が向かう隣の邸へは、表にまわらずとも、築地塀《ついじべい》の崩れたところを通って庭伝いに行くことができるのだ。

隣には若い陰陽師《おんみようじ》が住んでいた。星の動きから未来を予測し、鬼神をも使いこなすという存在だ。この時代には朝廷に属した官人陰陽師がいて、貴族の日常生活のみならず政治にも大きく影響を及ぼしていた。

桂はなぜか、その職種の人間に多大なる偏見を持っていた。夏樹が隣へ足しげく通うのも、当然、よくは思っていない。

その証拠に、彼が東国へ行っている間、勝手に築地塀の破損箇所を修復させてしまったのである。しかし、夏樹が京に戻って数日後、ときならぬ嵐に塀はまた崩れてしまった。しかも、新たに直した部分だけが。ほかは一切被害なし。おそらく都中探しても、被害が出たのはここだけだろう。

手抜きだと桂は怒り狂い、匠《たくみ》たちから賃料を取り返してきてしまったが、夏樹はあとでこっそりそれを戻してやった。手抜き工事でもなんでもないことは、塀の不自然な崩れようからも想像できたからだ。

乳母にじっと見られつつ、庭伝いの道すじをたどるのはあまり心地のよいものではない。早く柱の目の届かないところまで行こうと、夏樹は足速に庭を横切り、塀の崩れ目を抜けて隣家の敷地に足を踏み入れた。

そこは冬枯れの野——と言ってもさしつかえないほど荒れ果てた庭だった。建物自体も荒れていて、人が住んでいるふうにはとても見えない。昔から、この邸には物の怪が出るという噂《うわさ》があったが、そう言われるのも無理はなかろうと夏樹も思った。

現に、出るのだ。正確には、物の怪ではなく、陰陽師が使役する式神《しきがみ》なのだが。いまはさらにもう一体、ヒトではないモノがここに棲《す》みついている……。

夏樹は憂鬱な面持ちのまま、枯れ草をかき分けて歩いた。気分は今日の曇天と同じだ。冬は彼の中に忍びこみ、深く根を張っている。自分でも、これではいけないと思うのだが——

やりきれなさを噛《か》みしめていると、突然、目の前の茂みがガサゴソと動き出した。

夏樹は反射的に、さっと後ろへ飛び退《の》く。

(何が出てくるんだ……?)

恐怖はなく、好奇心から夏樹はそう思った。この邸に出るものが、自分に危害を及ぼすはずがないと知っているから。もちろん、用心するに越したことはないが。

ふいに、揺れる茂みの中からバサッと音をたてて、馬の首が現れた。馬は大きな目を盛んにしばたたかせて夏樹をみつめ、次いで、ほっこりと微笑《ほほえ》みかけてきた。

「あら、まあ、夏樹さんじゃありませんか」

渋い低音の美声はまぎれもなく、その馬の口から発せられていた。しかし、夏樹はあわてないし、騒がない。

「なんだ、あおえか」

元・冥府《めいふ》の役人、馬頭鬼《めずき》のあおえ。最近、隣家に棲みついた人外《じんがい》の者である。

「何をやってるんだ、おまえ」

「はあ。庭の落ち葉を掻き集めてたところです。働かざる者食うべからずって、ことあるごとに言われてますもんで」

茂みから立ちあがると、あおえの身の丈は六尺半はあった。馬である部分は首から上だけ。その下は、たくましい肉づきをした人間の身体だ。夏樹のところの家人が目撃した馬の頭の物の怪は、この馬頭鬼に間違いなかった。

が、話に聞いていた、火を噴くような獰猛《どうもう》さは感じられない。今日のあおえは、つんつるてんの水干《すいかん》を着て、手には熊手を持っている。どうやら本当に、庭の落ち葉を掻き集めていたようだ。

「一条《いちじょう》さんに逢《あ》いにいらしたんでしょ？　どうぞ、邸の中にいますよ」

断りもなく庭伝いに入ってきたというのに、あおえは愛想よく笑顔をふりまいてくれる。口調も穏やかで、とても、深夜に目を輝かせて火を噴くようには見えない。

「うん、そうなんだけど……。あのな、あおえ」

「はい？」

「うちの家人が、ここの庭で、物の怪が火を噴いてるのを見たって言ってるんだけど」

「火を噴く物の怪ですか？」

あおえは顎に手を当てて、考えこむ仕草をする。

「はて。一条さんの式神さんにそういうかたっていましたっけ……」

「おまえだよ、おまえ」

「はい？」

「馬の頭をした恐ろしげな物の怪が、火を噴いてたって聞いたんだけど」

「ええっ？　わたしがぁ？　いやですよ、わたしがそんなことするはずないじゃないですかぁ」

平手が、ぶんとうなって飛んでくる。夏樹は身を反らし、あわやというところでそれをよけた。

「何をする！」

「そんなにおびえなくっても、いいじゃないですか。ちょっと肩を叩《たた》こうとしただけですよ。ちゃあんと加減してますってば」

あの『ぶん』という音は、とても加減しているようには聞こえなかった。いや、当人は加減したつもりだろうが、もとから持っている腕力が違いすぎるのだ。

「あのな、そっちは加減したつもりでも、こっちは充分痛いんだよ。叩かれた拍子に腕が肩から抜け落ちでもしたら、いったい、どうしてくれるんだ？」

なかば本気で抗議をすると、あおえはにわかに瞳を潤ませ、

「ひ、ひどい。そんな言いかたってない。火を噴くだなんて、とんでもない濡れぎぬ着せられて、わたしの心だってチクチク痛んでるんですよぉ。……あっ、でも、あのときのことかしら？」

哀《かな》しんでいたのもつかの間、馬頭鬼はくるりと表情を変えた。

「おとといの晩、庭で水無月《みなづき》さんと追いかけっこして遊んでたんです。そのとき、水無月さん、途中から火の玉に変わっちゃいましてね。あっちにふらふら、こっちにふらふらで逃げるもんで、ほんと、捕まえるのに苦労しましたよ」

水無月とは、隣家の陰陽師・一条の使う式神のひとり。いつもは可憐《かれん》な少女の姿をしているが、もうひとつの姿は宙を漂う火の玉である。

「じゃあ、火の玉の水無月と追いかけっこしている様子が、そんなふうに見えたってことか。しかしなあ……」

その光景を想像すると、やはり頭が痛い。こんなごつい外見をしているのだから、ちょっとは考えて、それに見合った遊びをしてほしい。——ただし、近所迷惑にならない

馬頭鬼の遊びがいかようなものか、まったく思いつかないが。

　夏樹はこめかみを押さえて、深いため息をついた。

「そんな遊び、してくれるなよ。それに、あんまりひとに見られると、そのうち退治されちゃうぞ。まあ、この邸には陰陽師が住んでいるから、式神だとでも勝手に思ってくれるだろうけど……」

「わたしは式神じゃありませんってば。それに、わたしだって物憂い気分になることぐらいあるんですよ。冥府にいたときは、よく賽《さい》の河原で水子たちと遊んでいたのに、ここにいらっしゃる式神さんたちは頑《かたく》ななかたが多くて、水無月さんくらいしか、わたしの遊び相手になってくれないんですよ。寂しいったらありゃしません。夏樹さんもこの気持ち、わかってくださいよぉぉ」

　あおえはここぞとばかりに愚痴をこぼし始めた。馬頭鬼でも、居候といういまの境遇に鬱憤をためこんでいるらしい。

　あおえは元・冥府の役人で、死者の魂をあちら側へ連れて行く任に就いていた。ところが、いろいろと失敗が続き、冥府追放の憂き目に遭ってしまったのだ。それを、以前から腐れ縁のあった夏樹とその友人が偶然（仕方なく、いやいや）拾い、いまに至るのである。

「一条さんはいつも冷たいし。なのに、夏樹さんにまでいじめられたら、姑《しゅうとめ》に無体な仕打ちを受けているというのに夫にとりあってもらえない妻みたいじゃないですか。いえ、もっとひどいですよ。わたしはさながら、冷酷な継母《ままはは》のもとで、腹違いの姉妹たちにこき使われる、薄幸の美少女です」

「……薄幸の美少女……」

とてもそぐわない表現だったので、夏樹は思わずくり返してしまった。しかし、あおえは自分の言葉が相手にどんなふうに受けとめられているのか、まったく気にしない。遠い目をして、

「ああ、こんな辛《つら》い目に遭うぐらいなら、いっそ極楽のお母さまのもとへ行ってしまいたい……。いいえ、いつまでも亡くなられたお母さまに頼っていてはダメ。いまのお母さまこそ、本当のお母さまだと思わなくては。わたしが一所懸命お仕えすれば、きっとわかっていただけるわ」

と、自分だけの世界にひたる。

「……おまえが行くのは極楽じゃなくて冥府だろうが」

「譬《たと》えですよ、譬え」

ひどい譬えがあったものである。おそらく、いま流行《はや》りの継子いびりの物語でも読んで、継母にいじめられる女主人公《ヒロイン》に自分を重ねてしまったのだろう。

（ずうずうしいというか、なんというか……）

夏樹もほかに表現が思い浮かばない。

「でも、修行だと思って、ここで一心に働いていれば、閻羅王《えんらおう》さまのお怒りもやがては解け、きっと冥府からお迎えが来ると思うんですよ。それこそ、月から天人たちがかぐや姫をお迎えに来たみたいに、こう、ぱあっとあたりが明るくなってですね、『いままでよく辛抱したな。おまえなら、きっと耐えられると信じておったぞ』って、どこからともなく閻羅王さまのお声が聞こえてですね」

「……おまえの迎えは天人じゃなくて、ごつい牛頭鬼《ごずき》とか、ぼろぼろの餓鬼とかだろ」

「いやですよぉ。また、そんな意地悪言って。ちょっとぐらい、夢見たっていいじゃないですかぁぁ」

甘えるように語尾をのばされても、気色が悪いだけである。だが、おかげで暗く沈みこんでいた気分が、やや違う方向へ向いたことは確かだった。

疲れるのが難だが、この邸を訪れてよかったかなと、夏樹はちょっとだけ思った。本当に逢いたかったのは、この馬頭鬼ではなかったのだが。

成り行きであおえの相手をしていると、今度は夏樹の背後でガサガサと草の揺れる音がした。

こちらの邸では、ひとは主《あるじ》の一条だけ。家人も一切おかず、家事などの雑事は式神が執り行っている。そのため、夏樹は絶対にその類いのモノがいると思って後ろを振り返った。

だが、そこに立っていたのは紅梅色《こうばいいろ》の袿の少女だった。よく知った人物で、式神ではない。はっきりとした目鼻立ちが形作る華やかさは、袿の色に全然負けていない。

驚いた夏樹は、彼女の名を大声で叫んだ。

「深雪《みゆき》!?」

いとこの深雪は汚れないように袿の裾を持ちあげ、夏樹に近寄っていく。

「ちょっと、ちょっと。わたしが訪ねて来た途端に隣に行かなくったっていいじゃないのよ」

いきなり非難めいたことを言われ、夏樹はむっとした顔を作った。

「そんなこと言ったって、こっちは来るとも聞いてなかったぞ」

しかし、その程度の抗議で、気の強いいとこが謝ったりするはずがない。

「もう。こういうときは、古歌でも引用して男のほうから謝るべきなのよ。気が利かないったら、ありゃしない」

深雪は、処置なしといったふうに首を横に振った。こういうときの彼女は、とても楽しそうだ。

「ほんとに夏樹ったら、しようがないわね。その上、東国から戻ってからっていうもの、すっかり怠け者になっちゃって、参内も滞りがちだっていうじゃない。もう十二月よ。

いくらなんでも限度ってものがあるのを、まさか知らないわけでもないでしょうに。あんなに大甘な桂まで、さすがにあきれてるわよ。少しは自覚しなさいね」

いつの間にか、説教口調になっている。それを止めるのは夏樹には不可能だ。

「いい？　あなたは主上に気に入っていただけたからこそ、親が蔵人《くろうど》じゃないにもかかわらずその職に就けたのよ。破格の出世なんですからね。それをありがたいことだと思って仕事に励まなきゃ。幸運にあぐらをかいてたら、主上だって、いつまたお気持ちが変わるかもしれないし、そうなったら、あなた、爺《じじい》になっても六位の蔵人のままよ。せっかく、ここまできたんだから、もっと上を狙いなさい。上を」

ぽんぽん出てくる、耳に痛い言葉に、夏樹はすっかり迫力負けしていた。いとこに口で勝てた例《ためし》など、昔から一度もないのだ。

しかも、深雪のこういった一面を知るのは、夏樹を含め、ごく少数の者しかいなかった。彼女は、弘徽殿《こきでん》の女御《にょうご》に仕える女房。宮仕えのおりには完璧に猫をかぶり、慎ましく、たおやかな美貌の若女房で通している。その化けっぷりたるや、見事としか言いようがない。

それでいて、桂を共通の乳母にしてともに育った夏樹の前では、いまさら無駄と思っているのか、素の彼女に戻ってしまう。そうとは知らない夏樹の同僚たちは、

「おまえはいいな。伊勢《いせ》の君《きみ》みたいな、あんな美人のいとこがいて」

などと、うらやましがる。代われるものなら、いっそ代わってやりたいぐらいなのに。

「まあまあ。深雪さんも、抑えて抑えて」

それまで黙っていたあおえが、急に夏樹と深雪の間に割って入った。

「おふたりともせっかくいらっしゃったんですから、こんなところで立ち話なんかなさらず、邸にあがってってってくださいよ」

少しでも雰囲気をなごませようと懸命に笑みを振りまく。しかし、深雪は首を横に振り、

「悪いけど、わたし、夏樹に用があるの。こちらのお邸にあがるのは、また今度にさせてもらうわ」

あおえに対しても、強気の口調を変えないし、異形の姿を恐れもしない。

あれは今年の春。冥府に連れていくはずだった赤子の魂を、あおえが取り逃がしたのが、夏樹たちとの縁の始まりだった。その際に深雪も馬頭鬼と遭遇していたのだ。

あおえのほうは彼女の顔をおぼえていなかったらしいが、深雪はちゃんと記憶にとどめていた（そもそも、こんな印象的な顔を、そんな簡単には忘れられまい）。あのときの馬頭鬼が隣の邸に居候することになったと聞いて、深雪は腹をかかえて笑い、

「いいわ、それ。わたしも遊びに行きたいな」とまで言ったのだ。しかし、今日の彼女はなんとなく剣呑《けんのん》な雰囲気である。おそらく、桂あたりから頼まれて、不甲斐《ふがい》ないいと

こを説教しに来たに違いない。

「ほら、おまえだって、あおえとじっくり話してみたいって言ってたじゃないか。せっかくだから、あがらせてもらおうよ」

自分の邸に戻りたくない夏樹は、あおえの言葉に甘えるよう必死に勧めた。あおえもそれに乗って、「ええ、どうぞ、どうぞ」と優しく声をかける。

深雪も心を動かしたように見えた。しかし、そんな自分の心をも振り切って、「だめっ」と彼女は冷たく言い放つ。

「わたしだって暇がないのよ。夜までには御所に戻らなきゃならないんだから」

「そんなにバタバタと帰らずに、ゆっくり桂の相手でもしていってくれよ。たまに来たかと思えば、宮仕えがいそがしいって言って早々に帰ってしまうって、桂、いつも愚痴ってるんだぞ」

夏樹のほうも、うるさいのがふたりで語り合って、こっちを放っておいてくれるなら、こんなに嬉《うれ》しいことはない。

「だから、今夜はうちに泊まっていってだな……」

「そりゃあ、わたしだって、桂のそばにいてやりたいわよ。でも、女御さまのお風病が長引いていらっしゃるから、泊まりはとうぶん無理よ」

「女御さまは、まだ、お悪いのか?」

今年の夏はひどく暑く、秋は秋で事件があった。その疲れがたまったのか、少し前に宿下がりをした途端、弘徽殿の女御は体調を崩してしまった。噂にはうとい夏樹も、さすがにその話は知っていて、密かに女御の身を案じていたのだ。

数多い女御・更衣《こうい》の中でも、弘徽殿の女御はことのほか寵愛《ちょうあい》されている妃《きさき》。帝もいたく心配し、何やかにやと見舞いの品を届けさせたとか。

さすがは帝、情が深くていらっしゃる——と、帝の評判もさらに高まった。だが、蔵人の夏樹は知っている。その間にも、〈愛の狩人《かりうど》〉を気取って、あちらこちらの姫君や女房宛てに恋文を書きまくっているということを……。

「大丈夫、女御さまならもうだいぶ回復されて、明日にでも御所のほうへ戻られるわ。だからこそ、その前にあれこれ用意してなきゃいけないのだけど。そんなわけで、本当にいそがしいんだから、とっとと戻りましょうね」

「そっちはいそがしくても、こっちはいそがしくない」

頑なないとこに、深雪も眉を吊《つ》りあげて言い返した。

「それはあんたが怠けてるからでしょ。蔵人が暮れにいそがしくないなんて、おかしいと思いなさいよ」

「ぼくのせいじゃない。まわりが勝手に気を遣って仕事をまわしてくれないんだ」

「どうせ蔵人所《くろうどどころ》でも暗ーい顔してるんでしょ？　だからじゃないのよ。あんたこそ、まわりに気を遣いなさいよ」

次第に声が大きくなる。そのとき、怒鳴り合うふたりに声をかけてきたのは、あおえではなかった。

「ひとの家の庭で、なに騒いでるんだ？」

不機嫌そうな、それでもよく澄んだ、きれいな声。夏樹も深雪も、あおえまでもが一瞬固まり、おそるおそる声のしたほうを振り向いた。

腕組みして立っていたのは、夏樹とさほど年の頃の変わらぬ少年であった。烏帽子《えぼし》もかぶらず、結いもせず、黒髪を無造作に風にゆだねている。元服を済ませた男子なら、まずやらないことだが、それが不思議に似合っていたりする。

白い狩衣《かりぎぬ》を着くずしているさまも、なまめかしく、まるで美貌の姫君が男装しているような、妖しげな色香が薫る。

彼こそがこの邸のあるじ、陰陽師の修行をしている陰陽生《おんみょうしょう》の一条であった。

夏樹とあおえはなんとなく後ろめたさを感じてうろたえていたが、深雪の変わり身は早かった。

「まあ、一条どの」

すぐさま袖で顔半分を覆い、さっきとは全然違う、柔らかい声を出す。そこにいるのはもう、お転婆《てんば》娘の深雪ではなく、宮中の花ともてはやされる女房・伊勢の君——伊勢守の娘なのでそう呼ばれている——だった。

「いとこがいつもご迷惑をおかけして、本当に申し訳ありません。いまも庭づたいにこちらへお邪魔しようとしていたので、あまりに不作法だと咎《とが》めだてしていたところでしたのよ」

一条もさるもの、不機嫌そうな様子をさっと隠して、微笑み返す。誰もがため息をつくだろう、そんなとびっきりの笑みで。

「いえいえ、こちらもいきなり怒鳴りつけたりして、驚かせてしまいましたね。どうぞ、よろしかったら、うちの式神が言うようにあがっていかれたらどうですか？」

「あのぉ、わたし、式神じゃないんですけどぉ……」

訂正を入れようとしたあおえだったが、一条に睨まれて沈黙する。夏樹は賢明にも、最初から沈黙し、一条対深雪の猫かぶり合戦をただ見守っていた。なかなか見応えのある闘いだったが、そこに参加したいとはこれっぽっちも思わない。

「本当に嬉しいお誘いですわ」

深雪はころころと鈴を転がすような笑い声をあげる。

「でも、残念。本当にゆっくりできませんのよ」

「では、伊勢の君はまたいつか、ということで……。今日はいとこどのだけでも、おもてなしいたしましょう」

夏樹は内心、拍手してやりたくなった。

(いいぞ、一条)

けれど、深雪も負けていない。伏し目がちになり、いかにも申し訳なさそうな顔をして、

「それが、いとこには火急の用がありましてね。ああ、残念ですわあ。それでは、またの機会に」

言い終わるより先に夏樹の腕をつかみ、ぐっと爪をたてるや、強引に引っぱっていく。それも、片袖で顔を隠し、恥じらう様子を演出しつつ。力技で深雪の勝ち。こうなると、夏樹もあきらめざるを得ない。

「じゃ、じゃあ、一条、あおえ、またな」

食いこむ爪がもたらす痛みに耐えながら、夏樹は名残惜しげに手を振る。

こちらの気持ちが通じたのか、友人たちは律義に手を振り返してくれた。……ふたりとも、あまり同情してくれているようには見えなかったが。

深雪に庭を引きずられていきながら、夏樹はぶつぶつと口の中でつぶやいていた。

「ほんとに火急の用なんかあるのかよ……」

深雪の耳はそれをしっかり聞き取ったらしい。

「あるのよ」と、ちょっとムッとしたように言う。

塀にあいた通路をくぐり抜けてから、ようやく手を放し、深雪はいとこに向き直った。

「本当はね、こんな話、あんたにしたところでなんにもならないって気もしないでもないんだけど」

喉まで来ていた『だったら来るな』を、無理に飲み下す。幸い、深雪には気づかれていない。

「実は、わたし、困っているの。それで、どうしたらいいのか相談しようと思って」

相談なら、桂とか同僚の女房たちにでもすればいいのに。そういった相手ではなく、あえてこっちを選び、いそがしい中わざわざ足を運ぶほど、特殊な相談だというのだろうか。

好奇心半分、不安半分で、夏樹は用心深く尋ねた。

「なんだよ、そんなに厄介な話なのか？」

「厄介なのよ」

妙に重々しく、うなずかれてしまう。もしかして、本当に重大な相談事かもしれない。

夏樹は息を詰めて、深雪の次の言葉を待った。

「ここ最近なんだけど、わたしに文《ふみ》を送ってくれるかたがいるの」

宮廷女房が文をもらうのは普通のことだ。夏樹は少々拍子抜けしたが、これはきっと、あっと驚く意外な展開への布石なのだと信じて我慢する。

「それで？」

「ほんの遊び心だと思って、最初は無視してたのよ。ほら、わたしたち女房にとって文が来るなんて、いつものことじゃない。そんなのにいちいち騒いでたら、お手軽な女だって軽く見られちゃうしね。なのに、そのかたったら懲りてくれないのよ」

「ふうん」

父親とともに長いこと周防国に下っていた夏樹には、そういった雅《みやび》やかな世界の約束事にいまひとつついていけないし、ついていこうとも思わない。

（背のびして慣れたふうを装っても、どうせすぐに化けの皮が剝がれて、恥をかくに決まってるしなあ）

実際のところ、そう思っているのは夏樹本人だけだった。自分が隣の邸の陰陽師とはまた違った魅力を放っていることに、まったく気がついていないのだ。彼と恋仲になりたいと願っている女人は、御所の中にごろごろ（男も少し）いるというのに。

「あんまり邪険にしたくない相手だから、やんわりとその気がないことを匂わせた返事を出したんだけど、それでも諦めてくれないの。困ったわぁ」

ため息をつくのだが、本気で困っているふうにはとても見えない。自慢話を聞いているような気がしてきて、夏樹もだんだん馬鹿らしくなってきた。

「やんわりとじゃなく、びしっと断ればいいじゃないか、びしっと」

「うん……でもね」

深雪はあおえみたいに遠い目をする。

「悪い相手じゃないのよねえ……」

どうしてまた、深雪はこんな相談をわざわざもちかけてくるのか。それも隣家への楽しい訪問の邪魔までして。悩む夏樹の脳裏に、ふと、あることが閃《ひらめ》いた。

「まさか、その文の送り主って、主上か？」

帝には前科がある。性格的には憎めないかただが、そうそう何度も妃の女房に手を出されては、たまったものではない。が、深雪がすぐに、

「やだ、違うわよ」

と、否定してくれたので、夏樹はホッと胸をなでおろした。

「それでね、そのひとが本当に本当に本気なのかどうか、夏樹にそれとなく探ってほしくって」

「……それが、訪問の理由？」

「そうよ」

夏樹は両手を挙げて降参した。

「そんな器用なこと、できるわけないよ。色恋沙汰は苦手だって、知ってるだろ?」

ましてや、失恋の痛手も癒えきっていないのに、他人の恋の橋渡しなどやりたくもない。そのあたりの経緯《いきさつ》は、深雪もよく知っているはずだった。

「相談する相手を間違えてるよ。もっと適任の百戦錬磨の強者《つわもの》が宮中にはいっぱいいるじゃないか」

しかし、彼女はしつこかった。

「だめだめ、みんな怖がっちゃうのよ。あんまり近寄りたくないんですって。こっちの考えてることまで見透かされそうだとかなんとか言っちゃってね」

「怖がる?」

妙な表現だなと、夏樹は首を傾《かし》げた。

「そういう変なやつなら、それこそスパッと断って……」

「変じゃないのよ。みんなが言ってるのは、ただの偏見なの。本当の変人だったら、相談するまでもなく、きっぱり断ってるわよ。そうじゃないから厄介なのよ」

深雪もあながち、まんざらでもないらしい。だからこそ、より慎重になっているのかもしれない。

「夏樹なら、あのひととは交流あるじゃない。だから、うまいこと言って、そこらへんの真意を聞き出してほしいのよ。お願い」

ちょっと変で、自分と交流のある相手――

（まさか、前の上司だった右近　中　将《うこんのちゆうじよう》さまじゃないだろうな……）

もしそうだったら、絶対関わりになりたくない。

「その相手って誰なのか、もったいぶらずに教えてくれよ」

「承知してくれなきゃ明かせないわ」

「ここまで話しておいて、それはないだろうが」

「気になる？」

深雪は目を輝かせて尋ねる。鈍感な夏樹には、その質問の裏の意味まではわからない。

「右近中将さまじゃないんだな？」

「なんで、あんなのの名前が出てくるわけ？」

深雪は渋い顔をして、いかにも厭《いや》そうな反応を見せた。最悪の事態は避けられて、夏樹はちょっと安心した。と同時に、好奇心の度合いがぐっと増して、付き合ってやってもいいかという気になってくる。

「わかった。あんまり期待されると困るけど、やるだけのことはやってみるよ。で、どこの誰なんだ？」

「あのね……」

しかし、深雪がその名を明かそうとしたところで邪魔が入ってしまった。

「深雪さま、深雪さま」

どこから呼ばれているのかとあたりを見廻《みまわ》せば、邸の簀子縁《すのこえん》（外に張り出した廊）で、乳母の桂が声を張りあげている。

「急いでお戻りくださいまし。おかわいらしいお使いのかたがみえていますよ」

声の調子から、桂が妙にうきうきしているのがわかる。深雪はぽっと赤くなった頬を両手で押さえた。

「あら、いやだ。もしかして、こんなところにまで文が届いたのかしら」

いやだと言っている割りに、その声は弾んでいる。小走りに桂に駆け寄る姿は、ずっと文を待ち望んでいたかのようだ。

（あのお転婆があんな顔するようになるとはねえ……）

夏樹はちょっと複雑な思いで、いとこのあとについていく。

桂から深雪へ手渡された文は、やや厚めの紙ながら香が焚《た》きしめてあり、よい薫りを漂わせていた。しゃれた薄様《うすよう》ではないことから、送り主は割合に真面目《まじめ》な人物ではないかと、夏樹は推察する。あるいはまったく逆の、誠実さを装える遊び人なのかも。

しかし、深雪も、戯れの文なら女房という立場上、よくもらっているだろう。そのあたりを見抜く眼力は、充分備えているはずだし、そうでなくては女房などやってはいられない。

やはりこれは、真面目な人物が真面目にかき口説いているだけに新鮮で戸惑っている——といったところだろうか。

「お返事はすぐにお書きになるのでしょう？　お使いのかたも待たせてありますから、さあ、お急ぎになって」

桂はまるで、自分が恋文をもらったかのようにはしゃいでいる。深雪も嬉しそうに文を胸に抱き、部屋に駆けあがっていく。

（なんだ、ぼくが出ていく必要、ないじゃないか）

と思った夏樹だったが、なんとなく気になるのも事実。せめて、文使いの者にそれとなく話を聞いてみようかと考える。

「桂、その文の使いはいまどこにいる？」

「門のあたりでお待ちですよ。品のいい童《わらわ》ですわ。深雪さまも、ずいぶんと殿方のお心を惑わしていらっしゃるんですのね」

振り返った深雪が、いかにも恥ずかしそうに首を振る。

「まあ、桂ったら。そんなんじゃないのよ、この文は」

「いえいえ、こういうお文のやりとりこそ、姫をお育てする醍醐味《だいごみ》ですもの。これからもどんどん届きますわよ。本当に、深雪さまはお美しくおなりですから」

うふっ、うふふ、と深雪は笑いをこらえきれない。

「お小さい頃はどうなることかと心配もいたしましたけど」

「もうやだ、桂ったら」

夏樹にはとても会話についていけない。勝手に盛りあがっている女たちを残し、彼は庭を迂回《うかい》して、門へと向かった。桂の言ったとおり、そこでは十二、三歳ぐらいの童がおとなしく、文の返事を待っていた。

品がいい、という桂の評価も当たっている。淡い水色の水干をすっきりと着こなし、顔立ちもかわいらしさと凛々《りり》しさがほどよく釣り合っている。なるほど、これなら桂の受けもいいはずだと夏樹は納得した。

むさい中年男よりも、こんな少年が文使いをしたほうが、もらうほうの気分もいいだろう。文の送り主は、ひょっとして、そこまで考えて童を差し向けたのかもしれない。

(ちょっと変人で、交流があって、右近中将じゃなくって、こういう演出のできる相手って、いったい誰なんだろ……)

訊《き》いて答えてくれるだろうかと悩みながら、童に近づく。しかし、悩む必要などなかった。童のほうが先に夏樹に話してきたのだ。

「新蔵人の夏樹さまですね?」

夏樹はいちばん新しく六位の蔵人になったので、公の場所では新蔵人と呼ばれていた。深雪が伊勢の君と呼ばれるのと同じようなものである。

「お会いできて嬉しいです。いろいろとお噂をうかがっておりましたので」

はきはきと物怖《ものお》じせずに、童はしゃべる。聡明《そうめい》そうな子だ。だが、その台詞《せりふ》には気になる言い廻しがあった。

「噂って？」

「はい。陰陽師でもないのに、あの偏屈な一条に付き合っていける稀有《けう》なおかただと、陰陽寮《おんみようりよう》ではもっぱらの噂ですよ」

陰陽寮は陰陽師の所属する役所。その内部を知っているからには、少年は陰陽寮の小《こ》舎人童《どねりわらわ》か何かだろうか。それにしても棘《とげ》のある言いかただ。『あの偏屈な一条』とくるとは。

驚きを隠せずに、夏樹は目をぱちくりさせた。童は最初の印象を裏切らない、邪気のない笑みを浮かべている。

自分の聞き間違いではなかったのかと、夏樹は心もとなくなってきた。一条に対し、こういう評価を下して、さらにそれを平気で口にできる者など、お目にかかったことがなかったのだ。それができる立場にあるのは、師匠の賀茂《かも》の権博士《ごんのはかせ》ぐらいだろうが、彼でさえ言わないのではないかと思う。

それでも、陰陽寮での一条の位置が微妙なものであることぐらい、外野の夏樹にもなんとなく推察できた。おそらく、少女と見まごう美しさに加え、陰陽師としての天賦の才能を有しているのが関係しているのだろう。陰陽寮の者にしてみれば天才と比較されて面白いはずがない。

（一条もあの性格じゃ、まわりとうまくやっていこうなんて考えもしないだろうし……）

この童が一条にあまりいい感情をいだいていないとしても、なんら不思議ではない。それをこうやってはっきり表現できるのも、幼いがゆえかもしれない。

「きみは陰陽寮に関わる者なんだね？」

気をとり直して尋ねると、童は微妙に唇を歪《ゆが》めた。たったそれだけで妙に大人びた顔になる。もっとも、すぐにその表情は消え失《う》せてしまったが。

「いいえ、いまはまだ。でも、真似事《まねごと》みたいなことはしていますけど。兄が陰陽寮にいますから」

「お兄さん？」

「はい。今日も、伊勢の君へ文を届けるよう、兄に頼まれて来たんです」

夏樹の脳裏に、とある人物の姿がよぎった。

自分と多少交流があって、よく知らない人からは『怖い』とか『変わってる』とか評される可能性のある人物。しかも陰陽寮に所属していて、目の前の童とどことなく似通ったところのある――

「まさか」

「兄は陰陽寮で権博士の役職に就いております。賀茂の権博士と言えばおわかりになりますよね」

「権博士の……?」

狼狽《ろうばい》し、うろたえる夏樹に、童は自己紹介する。

「ええ。ぼくは弟の真角《ますみ》と申します。以後、よろしくお願いいたしますね」

愛らしい微笑み。しかし、あの権博士の弟だとわかったせいか、夏樹はその笑みを額面どおりに受けとることができない。少年の澄んだ瞳にすら、この年頃の子には持ち得ないような、何かしら得体の知れないものを感じずにはいられなかった。


その昔、河原の左大臣と呼ばれた風流な貴族がいた。

彼は皇族の出で、のちの世に出た『源氏物語』の主人公・光源氏《ひかるげんじ》の原型ではとも言われるほど、容貌もうるわしかったという。

六条界隈《ろくじょうかいわい》に残るその邸は、河原の左大臣が贅《ぜい》をこらして建てたものだった。なかでも極めつけは庭だ。大臣《おとど》は庭に大きな池を作らせ、かつて赴任していた陸奥《むつ》の浦の風景をそこに再現させた。

都の中に作られた鄙《ひな》の景色は風流人の話題となり、河原院《かわらのいん》と呼ばれたこの邸にひとびとは足繁《しげ》く通った。月の光のもと、大臣自慢の庭では毎夜のごとく、さまざまな宴《うたげ》が催されたという。

今宵《こよい》も月は変わらない。だが、河原院は変わった。

栄華を誇った大臣が没して、もはや数十年が経っている。住む者がいなくなった邸はところどころ崩れ、庭も荒れ果て、昔日の面影はどこにも見当たらない。昔語りになるような華やかな過去があるだけに、現状の悲惨さはよけいに際立つようだ。

だが、今夜はその河原院にひとの姿が見える。旅の夫婦者とその従者たちの一行だった。

「すまなかったな。手違いで予定していた宿がとれなくなって」

夫は若い妻に、何度も同じことをくり返しては詫《わ》びる。妻はそのたびに穏やかに首を横に振る。

「こうして夜露をしのげる場所がみつかったんですもの。運がよかったのだと思っていますわ。それに、もう京に着いておりますし。明日にはあなたの遠縁のかたにお逢いできるんでしょう？　長旅もようやく終わったし、これからご運もひらけてまいりますわね」

けして夫を責めるようなことは言わない。かえって優しくはげましてくれる。夫もそれが聞きたくて、詫びを繰り返しているようなところがあった。

従者たちはみんな、離れた簀子縁で休んでいる。旅の間は狭い宿にずっと彼らといっしょで、なかなかふたりきりになれなかった。その分を取り戻そうと、夫と妻は身を寄せて甘くささやき合う。

「ここまで来ればもう、なんの心配もいらないからな。本当に苦労をかけた」

「そんな……何もかも、わたくしのせいですのに」

「いや、そなたが思いわずらう必要はないのだ。これまでも、これからもな。もうけして哀しませぬよ」

真心のこもった言葉に、妻は可憐な花のごとくほのかに微笑む。大輪の花ではないが、はかなげな美しさがある。弱々しげな風情も、男の保護欲をかきたてずにはおかない。だからこそ、故郷の権力者に目をつけられてしまったのだが。

さまざまな無理難題を持ちかけられ、できなければ妻を差し出せと圧力をかけられた。夫は悩んだ末に、相手の言うなりになるよりも、何もかも捨てて逃げ出す道を選んだのだ。

都への道のりは長かったが、追ってこられるのではないかという恐怖心のほうがつらかった。口には出さなかったが後悔もした。そんな気持ちを妻に知られているようで、余計にやりきれなくなった。

だが、苦労の報われるときがようやくやって来た。明日になって親戚に会えれば、彼の手配で仕官にありつき、それを皮切りに平穏な生活を立て直せるだろう。きっと。

「いまは粗末なものしか着せてやれないが、きっと出世して、染めも織りも見事な装束を買ってやるからな。邸もそのうち、都の中に建てよう。この邸ほど大きくはなくても、その頃には子が何人もいるだろうから、中を細かく仕切って部屋を多くして……」

夫は夢を語り続ける。都は自分たちに幸運をもたらしてくれるはずだと信じて疑わない。ここも都のうちだと思うからこそ、邸の不気味さもほとんど気にならない。

しかし、妻のほうは夜がふけるにつれ、恐ろしさが高じてきたらしく、夫の手をぎゅっと握りしめた。それがまた、夫に愛《いと》しさを募らせる。

「寒かろうが少し我慢しておくれ。火桶《ひおけ》でもあればいいんだが……」

せめて少しでも火を近くに置こうと、夫は立ちあがり、明かりのついた燈台《とうだい》を引き寄せる。その、ほんのわずかな隙に、それは起こった。

いきなり、奥の間の妻戸《つまど》が勢いよく開く。風もないのに。奥に誰もいないと思っていた夫は、ぎょっとして振り返った。

「誰だ!?」

誰何《すいか》の声をあげたものの、その直後に彼は身動きひとつできなくなった。妻戸のすぐ内側に立っている男の眼光に、射すくめられてしまったのだ。

男は文官がかぶる垂纓《すいえい》の冠《かんむり》に、白い直衣《のうし》、同じく白い指貫《さしぬき》を、その長身にまとっていた。白一色の出で立《い》ちはいかにも清く高雅で、汚れた旅装束のままでいる自分たちが恥ずかしくなってくる。

それに、若く美しい。切れ長の目も、薄い唇も、すっと背すじの伸びた肢体も、優美でなおかつ脆弱《ぜいじゃく》なところがない。都の貴公子たるや、かくあるべしといった、見本のような青年だ。

妻などは見知らぬ男の登場に驚く以前に、彼の容姿に心奪われてしまっていた。その証拠に、うっとりと夢見るようなまなざしで男をみつめている。男も夫のほうは完璧に無視し、妻と視線を合わせている。

当然、夫の胸中に嫉妬が生まれた。その力を借りて、彼は再度叫ぶ。

「何者だ⁉」

それでも、男は動じない。まるでこの邸の主人は自分だとでも言いたげに、堂々としている。こちらのほうが、かえって気後れしてしまいそうだ。

しかし、ここは空き家に間違いなかった。自分たちは邸を管理しているという近所の者に事情を話し、ちゃんと泊まる許可を得ている。不法に侵入しているのは、この直衣の男のほうだ。

懲らしめてやろうと夫が一歩踏み出したそのとき、男はすっと手を上げた。暗がりの中でも、男の白い手の形よい爪が、はっきりと見える。その不自然さに気がついたときには、もう遅かった。

妻がふらりと立ちあがる。男の手招きに応じて。陶酔の表情を浮かべ、衣の裾を翻し、妻はどこの誰とも知れぬ男の胸に飛びこんでいった。

次の瞬間、あいたときと同じくらい唐突に妻戸が閉まる。

男が妻とともに視界から消えて、夫もやっと動けるようになった。もちろん、彼はすぐさま妻戸をあけようとした。ところが、押しても引いても妻戸はまったく動かない。拳で殴っても、力任せに身体をぶつけても、鉄の扉のように彼を拒む。

声を張りあげて妻の名を呼んでも、中からの反応はない。声も聞こえないし、少しの物音すら伝わってこないのだ。

「どうなされました、殿!?」

騒ぎを聞きつけ、簀子縁で寝ていた従者たちが駆けこんできた。彼らに説明するのももどかしく、

「この妻戸をあけろ！　早くしろ！」

加勢させ、皆で妻戸を破ろうとするが、それでも戸は動かない。

「裏へ廻れ！　裏から奥の間の格子をあけるんだ!!」

従者たちは指示に従い、邸をぐるりと廻って、奥の間を外側から攻めにかかる。だが、彼らはすぐに戻ってきてしまった。

「格子戸も、脇の遣戸《やりど》も、鍵がかかっています。まったく開きません」

絶望的な報告に、夫はすっかりとり乱してしまった。あちらこちらへ走り廻り、戸口という戸口すべてに死にもの狂いで挑みかかる。しかし、腐りかけているように見える戸でさえ、まるで動いてはくれない。

これほど騒いでいるのに、奥の間から物音ひとつ聞こえてこないのも不思議だった。だが、開いている戸がないのだから、絶対に男と妻はまだ中にいるはずと、夫は一途《いちず》に思いこむ。

板一枚隔てたこの中で、あの男は妻にどんな振る舞いに及んでいるのか――想像するだけで、たまらなくなった。ついに緊張の糸は切れ、従者の前であるにもかかわらず、夫は大声で泣きわめいた。

従者たちには何事が起こったのか、まるでわからない。ただ主人のとり乱しようや、奥方の姿が見えないことに言いしれぬ不安を感じていた。彼らもなんとか現状を打破しようと邸中をかき廻す。甲斐《かい》あって、やがて、どこからか斧《おの》を一本調達してきた。

いちばん腕力に自信のある従者が、腕まくりしながら前に進み出る。

「殿、そこをおどきください」

主人が脇に退《の》くや、従者は渾身《こんしん》の力をこめて斧を振り下ろした。バキッと大きな音をたて、厚い刃《やいば》が戸板に食いこむ。

二、三度、斧を打ちおろせば、妻戸はぼろぼろに砕けてしまった。ついさっきまでは鉄の扉並みに堅く、全身でぶつかっても揺るぎさえしなかったのに。

しかし、夫には、そんなことはもうどうでもよかった。やっと開いた通路から、彼はすぐさま奥の間へと飛びこむ。おのれの身の危険は考えず、ただ妻だけを求めて。

どこにも逃げ場はなかったはずなのに、男の姿はなかった。が、妻は確かにそこにいた。古びた衣桁《いこう》に、彼女は衣服のようにだらりと掛かっていたのである。

初め、夫にはそれが妻だとわからなかった。ただ白い袿が衣桁に掛けられているとしか見えなかったのだ。袿だけを残し、ふたりはどこからか逃げてしまったのだと思いこんだ。

が、それが間違いであることにすぐ気づいた。最初の衝撃から醒《さ》めると、夫はあわてて衣桁から妻を抱きおろした。

妻の身体は――とても軽かった。まるで袿だけを抱きとったかのように。

「おまえ……?」

呼びかけても、返答はない。

不吉な予感が夫の胸を突きあげてくる。それでも、否定したかった。妻は気を失っているだけなのだと思いこもうとした。

が、腕に感じとった異様な軽さがそれを阻む。彼は意を決して妻の身体をあおむけに起こし、その顔を覗《のぞ》きこんだ。

血の気のない白い顔に、まつげが濃い影を落としている。唇からも色が失せ、紫に変わっている。部屋が暗いせいだとおのれに言い聞かせ、名を呼ぶが返事はない。揺さぶっても目醒めず、紙人形のように頼りなく揺れるだけ。

ぴくりとも動かない。息もしていない。すでに――こときれている。

「鬼だ……！」

従者たちが、おびえも露《あら》わに口走る。

「奥方さまが鬼に吸い殺された!!」

やがて、妻の着た白い袿の胸もとに、赤い染みがじんわりと広がっていった。それはさながら、雪を戴《いただ》く紅梅《こうばい》のごとく美しかった。

第二章　魔　所

「おまえに文《ふみ》を届けている相手って、賀茂《かも》の権博士《ごんのはかせ》だったんだなぁ……」

御所の中に位置する弘徽殿《こきでん》の東面《ひがしおもて》に、冬の太陽が暖かな陽射しを投げかける。

夏樹《なつき》はそこで、簀子縁《すのこえん》にすわった深雪《みゆき》と話しこんでいた。いまだに信じられないといった口調を、隠そうともしないで。

そんな口をきこうものなら、間違いなく檜扇《ひおうぎ》で頭を殴られているはず。だが、今日は扇が飛んでこない。それぐらい深雪は上機嫌だった。

「だから、わたしも最初、冗談だと思ったのよ。権博士とは何度か会ってるけど、それらしいことって、いままで全然なかったしね」

「きっかけに心当たりなし？」

「なし、なし」

「それがまた、どうして、突然」

「だから、それを探ってもらいたいんじゃないの」

「探るっていってもなぁ……」

賀茂の権博士本人と親しくしているわけではない。夏樹が懇意にしているのは、弟子の一条《いちじょう》のほうだ。権博士には正直なところ、近寄りがたいものを感じていた。

それでなくとも恋愛ベタな自分に、いったい何ができるというのか。面と向かって「どういうおつもりなんですか?」と尋ねるぐらいしかできまい。

そんなことをすれば、権博士に予防線を張ってこられたと誤解されかねない。伊勢《いせ》の君《きみ》と新蔵人《しんくろうど》どのはそういう仲だったのだと誤解される可能性も大いにある。

(あるいは、そう思わせてあきらめさせようという魂胆か?)

ちょっとそこのところを確認しようと、夏樹は深雪に鎌をかけてみた。

「でもな、ぼくがしゃしゃり出ると、権博士、誤解するかもしれないだろ?」

「誤解って?」

「だからさ、ぼくがあれこれ探りをいれるのは実は妬《や》いてるからじゃないかって……」

「なに馬鹿なこと言ってるのよ」

深雪は檜扇で口もとを隠して、豪快に笑った。

「大丈夫よ。ほかはともかく、夏樹なら誤解なんてされないわ。うるわしい親戚愛だって思われるのが関の山じゃない?」

「何がうるわしい親戚愛だよ」

本当にそんなものがあるのなら、顎でこき使うような真似《まね》はしないはずと、心の底から思う。

「それに、権博士自身と直接付き合いがあるわけじゃないし、あのひとはぼくなんかに手の内を明かすようなこと、しないと思うんだけどな」

「あら、もしかして、夏樹もあのひとが怖いとか言う気？」

「まさか」

夏樹はすぐさま、首を横に振った。怖いとは思っていなかったのだが——仕草とは裏腹に、否定できないものを自分の中に感じていたのも事実だった。が、深雪が安堵《あんど》の表情を浮かべたので、そうとは告白できなくなる。

「そうよね。あの一条どのともうまく付き合ってるんだもの、権博士だって怖くなんかないわよね」

「あの一条、ねえ」

権博士の弟の真角《ますみ》も、そんな表現を使っていた。

「一条って、そんなに変かな？」

「さあ？　カエルを葉っぱ一枚で殺したとか、邸《やしき》に不気味な物《もの》の怪《け》がごろごろいるだとか、顔を見ただけで相手の死期までわかるとか、そういう話ばっかり流れてくるから、知らないひとはやっぱり変だとか怖いとか思うんじゃないの？　でも、夏樹と付き合っていけてるんだから、あれでも案外、根は単純だったりしてね」

「なんか、ひっかかる言いかただな……」

それに、深雪が言うほど単純な相手ではない。

物腰はあくまでも優雅。うっすらと冷たく微笑《ほほえ》み、相手の身分や立場に関係なく、鋭い視線を向けることもしばしば。それをあの美貌でやるから余計に凄《すご》みがある。怖いと噂《うわさ》されるのも無理はなかろう。

しかし、夏樹の知っている一条は、殴るわ蹴るわ罵るわと意外に熱い。要するに、いつもは巨大な猫をかぶっているのである。

だからといって、どちらが嘘《うそ》でどちらが本当かなどと考えたこともない。そういうやつなのだと、すでに、なんの抵抗もなく受け入れてしまったから。

美少年だとか、天才的陰陽師《おんみょうじ》だとかいうことも、夏樹にとってはもう付属的なものでしかない。美形だから、陰陽師だから、一条と付き合っているわけではないのだ。

「とにかく頼んだわよ。権博士はあれでもけっこう隠れ支持者がいるんだから、何事も内密にね」

「あのさ、深雪」

ちらりと上目遣いに、いとこを見やる。

「本当のところ、そっちはどうなのさ。権博士のこと、まんざらでもなさそうに感じるんだけど」

深雪はぎくりと顔を強《こわ》ばらせた。檜扇で隠しても目が感情を映している。やはり、まんざらでもなさそうだ。

「……うーん、ちょっとは揺れるわよね。見た目もいいし、あれで意外にかわいげもあるし。身分はそれほど高くなくても、大貴族の子息にはない面白みがあるし……」

「なら、なんの障りもないじゃないか」

「でも、むこうが本気かどうか怪しいのに、のめりこんだら馬鹿みたいじゃない」

「はいはい、そうですか。そういうものですか」

安全な立場を確保したいという深雪の身勝手さには多少苛《いら》だったが、夏樹とて好奇心がないわけでもない。権博士の真意がどこにあるのか、尋ねてわかるものなら尋ねてやってもいいと思い始めていた。

「要するに、本気なのかどうか確かめろってことだな？」

「そうそう」

「本気だったら、こんなじゃじゃ馬のどこがお気に召したんですかって訊《き》けばいいんだろ？　陰陽師なんだから、おまえの正体がわかっててもおかしくないのに、どうしてそれでもなお恋文なんか送るのかを……」

皆まで言わせず、檜扇が飛んできた。親橋《おやぼね》の部分がもろに額にあたる。

「痛っ‼」

「しいっ！」

殴りつけておきながら、深雪は唇の前に人差し指を立てる。

「騒がないで。いま、衣《きぬ》ずれの音が……」

言われて耳をそばだてると、確かに、さらさらと衣ずれの音がこちらに近づいてきていた。それが、御簾《みす》のむこうで立ち止まる。

「伊勢の君？」

御簾越しに深雪に呼びかけた声は、風病《かぜ》気味なのか、少しざらついていた。本来ならその声は、天から響く楽の音のごとく美しいはずだった。

「女御《にょうご》さま⁉」

弘徽殿の女主人の登場に、夏樹も深雪もあわてふためく。夏樹は真っ赤になって下を向いただけだが、深雪は瞬時に女房・伊勢の君に変身し、この場に対応した。

「いけませんわ、女御さま。こんな端近《はしぢか》に来られては。それにいま、わたくしのいとこが来ておりまして……」

この女房がついさっき、檜扇で殴りかかってきたと言っても、おそらく誰も信じまい。さらに信じ難いことに、弘徽殿の女御は御簾をよけて、ほんの少し顔を出した。

「女御さま！」

深雪が悲鳴のような声をあげる。

「まあ、そんなに怒らないで。新蔵人どのなら、もうわたくしの顔もご存じじゃないの」

それはそうなのだが、高貴な女性は普通、顔を見られぬよう建物の奥にひきこもって、端近にはやってこない。声も聞かせぬよう、女房を会話の中継ぎ役に間に入らせ、何かあれば貧血を起こして、よよと倒れる。

現在、同じ女御という位の妃《きさき》はいても、その上の中宮《ちゅうぐう》の位は空席であり、弘徽殿の女御は高貴さも最上級の女性だ。容姿も心ばえも優れ、血すじもよい彼女こそ、まさにその座に相応《ふさわ》しい。ただし、ときおり、大貴族の女性らしからぬ大胆な行動をとることがある。いまのように。

「ごめんなさいね、こんな聞き苦しい声で」

「いえ、そんなことは一向に」

夏樹のほうが恥じいってしまって、顔も上げられない。

「でも、これでもだいぶよくなったのよ。賀茂の権博士が大堰《おおい》の別荘においでになって、病気平癒の祈禱《きとう》を行ってくださったおかげでね」

ついさっき話題になっていた権博士の名が突然女御の口から出て、夏樹の肩がぴくりと揺れる。深雪も動揺を悟られまいとしてか、さりげなく檜扇で顔を隠した。

だが、よほどの地獄耳でない限り、弘徽殿の女御が話を聞いていたとは思えない。実際、女御の様子に含むところはまるでないように見える。

「そのときに、権博士はかわいらしい童《わらわ》を連れていらしたの。弟君だそうで、よく似ていらしたわ。新蔵人どのはお会いになったことがあって?」

「はあ、まあ……」

ほかにも弟がいる可能性はあるが、おそらく真角のことだろうと夏樹は思った。

賀茂の権博士が元服前から弟をそういう場に連れ出しているのは、陰陽師の道を進ませるために違いない。ならば、あの子が一条に対してちらりと見せた反発は、やはり競争心からだったのか。

「本当は山荘でゆっくり骨休みをして、そのまま年を越してもいいとも思っていたのだけど、権博士にもう御所に戻っても大丈夫と言われてしまってはね」

「ですが、昨日はお熱を出されたじゃありませんか。どうか、奥の間でお休みになりますよう……」

心配する深雪に、女御は優しく微笑みかける。

「本当に大丈夫よ。すぐに下がったし、念のためにまた権博士が祈禱してくださったから。それでね、新蔵人どの」

弘徽殿の女御は、夏樹の目を覗《のぞ》きこんで本題を切り出した。

「わたくしのいない間、主上《おかみ》はいかがおすごしでいらしたかしら？」

夏樹の心臓は、胸を突き破らんばかりに跳ねあがった。わざわざ近づいてきて顔を出したのは、こういう理由だったのかとやっと悟る。

責任を感じながら、夏樹は慎重に言葉を選んだ。

「主上は、女御さまの御身《おんみ》をとても案じていらっしゃいました。ええ、それはもう、ふさぎこんでしまわれて、夜の御殿《おとど》に籠もられることもしばしば……」

実際は、夜の御殿（帝《みかど》の寝所）に籠もると見せかけ、都のあちこちへ忍び歩きに出ていたのだ。目的はもちろん、恋を求めて。夏樹は何度かお供をさせられたので、そのあたりはよっく知っていた。

しかし、そんなことまで女御に報告できるはずもない。夏樹は乏しい演技力を総動員させて、どうにか笑顔を作りあげた。

「女御さまが予定よりお早くお戻りになられて、主上は大層お喜びでございましたよ」

嘘ではない。帝は「これでまた、夜遊びがしづらくなるなぁ」とぼやきながらも、女御の帰館を心から喜んでいたのだから。

本当に信じてくれたのか、見逃してくれただけなのか、女御もそれ以上しつこく尋ねようとはしなかった。

「まあ、そう言っていただけると嬉《うれ》しいわ。新蔵人どの、またいずれ、ゆっくりと主上のお話をお聞かせくださいね」

上品に微笑み、女御は現れたときと同じ衣ずれの音をさせて去っていく。その微《かす》かな音が聞こえなくなってから、夏樹はふうっとため息をついた。

「なんか、ドキドキした……」

「わたしも」

深雪までが大きなため息をつく。だが、ドキドキの理由は違っていた。

「いきなり、権博士の名前が出るんですもの」

「ああ、うん、そうだな」

絶対に女御の味方をするはずだから、帝の夜歩きの件は深雪にも言えない。いっそ、何もかもバレて女御さまに叱られてしまえとも思うが、そうなったら今度は自分が帝に叱られてしまう。

「じゃあ、そろそろ行かないと……」

下手に追及される前に逃げ出そうと、夏樹はさっさと背を向けた。彼の装束の裾を、簀子縁から身を乗り出した深雪ががっちりつかむ。

「例の件、忘れずにね。お願いよ」

念を押す深雪に、夏樹は曖昧に笑ってみせた。演技力はさっき使い果たしてしまい、熱心そうなふりまではとても装えない。

「期待せずに、待っててくれよ」

正直にそう応えるのが、彼にとっては精いっぱいだった。


夏樹が逃げるように去ったあとも、深雪はしばらく簀子縁にすわりこんでいた。

「あてにならないやつ……」

檜扇の陰でそうつぶやくが、言葉とは裏腹に顔は笑っている。とても嬉しそうに。

何を隠そう、深雪の本命はずばり、夏樹なのだ。昔からずっとそうだった。なのに、相手があまりにも鈍感で、いまだに気持ちが伝わらないのである。

だが、権博士からの文に対する反応はなかなかだと、深雪は思った。

「誤解するかも、ですって？　……うふっ、うふふふ」

まるで、追剝《おいは》ぎが悪だくみをしているような低い笑い声を洩《も》らす。

「少しは気にかけてくれたのかしら？」

夏樹は初恋を大失恋で終わらせたばかり。いまこそ、攻めどきかもしれない。

ちょうどそう思っていた頃に、賀茂の権博士から文が届くようになり、これを使って夏樹の気持ちをあおることができるかもしれないと、深雪は考えた。

「よくあるわよね、知人の好きなひとを好きになるっていう話。いろいろ聞いてるうちに、そんな気分になってくるものなのよ。夏樹もこのまま、そのお約束にはまってくれないかしらねえ……」

ふたまたをかけているのではなく、あくまで狙いは夏樹だ。かといって、権博士のことが気にならないわけでもない。最初に文をもらったときは心底驚き、あれこれ疑ったものの、本気で嬉しかったのだから。

権博士のあの落ち着いた魅力は、十五歳の夏樹には絶対にないもので、御所中探しても少ない。身分はさほど高くないが、陰陽師という職業柄、けして恋人を飽きさせないだろう。袖にするには惜しい人物だ。

これをきっかけに、夏樹がこちらの気持ちに気づくというのが理想的だが、もうひとつ、別の展開になってもいいかと思う。権博士が本気で、夏樹がこちらの思う通りに動いてくれなかった場合、いっそこのまま権博士とくっついてしまうという展開だ。

華やかな宮中を舞台にした大人の恋。しばらくは権博士と楽しいときが続くが、その後、やむにやまれぬ事情で彼とは別れる。本当はまだ互いに気持ちを残しつつも、仕方なくそうなる——というのが望ましい。

そこで、再び夏樹が登場し、思い詰めた顔をして告白する。

「おまえが去ってから、初めて自分の気持ちがわかったよ。いままでは、あまりに近すぎて気がつかなかったんだ。もしも、やりなおせるものならば……」

もちろん、答えは、

「遅くなんかないわ。これから、ふたりでやり直しましょう」

権博士との思い出は胸の奥にしまい、大本命の夏樹とめでたく結ばれる。こういう流れも悪くはない。

勝手に妄想を膨らませ、深雪は吐息とともにつぶやいた。

「ああ、わたしって罪な女……」

遠くをみつめる潤んだ瞳は、こう言ってはなんだが、おのれを『薄幸の美少女』に譬《たと》える馬頭鬼《めずき》とたいして変わりはしなかった。


一方、夏樹はまさか深雪がそんな夢想をしているとは知らず、どうやって賀茂の権博士の気持ちを聞き出すかを思案しながら歩いていた。

(まあね、いまだに信じられないけど。まさか、あの権博士が……)

伊勢の君としての顔だけしか知らなければ、嗜《たしな》み深い女房と思いこんで、そういう気にもなるだろう。だが、権博士が彼女の本性を見抜けずにいるとは思えない。

弟子の一条でさえ、はっきりとは言わないが、どうやらわかっているらしいのだ。ならば、その師の権博士も同様だろう。

それとも、陰陽師だから不思議はないと思うのは買いかぶりだろうか。一条はただ、同じ猫をかぶっている者同士の勘で見破っただけなのかもしれない。

（だったら話はわかるんだけどな）

だが、そうだとしたら余計にやりにくい。権博士が真実を知れば、当然、百年の恋も冷めるに決まっている。それでも、深雪は「あんたの持っていきかたが悪いのよ」と、こちらばかりを責めるだろう。

どうせ逆らっても無駄だから引き受けてしまったが、考えれば考えるほど、難しさに頭が痛くなってくる。どだい、恋の橋渡しなどできるほど器用でもない。

（そんなことができるくらいなら、自分の恋だってきっともっとうまくいってる……）

胸に浮かぶのは、滝夜叉姫《たきやしゃひめ》の面影だった。自分がもっと世慣れていたら、彼女の悲しみに気づき、彼女の苦しみを理解してあげられたかもしれないのに――そう思わずにはいられない。どうしようもなかったのだと、たとえ本人に告げられたところで、この気持ちは捨てられないだろう。

せめて、それぐらい、彼女にとって価値のある人物でいたかった。でも実際は、ここにいることさえ気づいてもらえなくて……。

夏樹の足どりは次第に重くなり、姿勢もだんだんと前屈《まえかが》みになっていった。こんな、暗雲を後ろになびかせて歩いているような相手には、誰しも声をかけるのをためらうだろう。しかし、背後からいかにも楽しそうに彼を呼びとめた者がいた。

「おお、夏樹ではないか」

野太い声とともに、なれなれしく肩に置かれた大きな手。その瞬間、夏樹は恐怖に顔をひきつらせた。

「……右近中将《うこんのちゅうじょう》さま……？」

そろそろと振り返ると、赤い武官の袍《ほう》を着た右近中将が、髭《ひげ》づらに満面の笑みをたたえていた。夏樹もなんとか笑い返そうとするが、口の端がぴくぴく震えるのを止めることができない。

蔵人に任命される前、夏樹は近衛府《このえふ》に所属していた。右近中将はそのときの上司だ。近衛を離れたからといって失礼があってはいけない――と思うのだが、どうにもできないこともある。なぜ、こんなに右近中将を怖がっているかというと、彼の趣味が若い男の子を侍《はべ》らせることだからだった。

最初、夏樹はそれを知らず、中将の親切に下心があるなどと露ほども思っていなかった。そうして油断していたがために、ひどい目にも遭った。

その後、夏樹は異動し、蔵人になった。出世よりも、右近中将の魔の手から逃れられたことをひたすら喜んだものだ。

しかし、同じ御所内に勤める身の上。ときどきは顔を合わせることもある。なるべく、ふたりきりにならないように気を遣ってはいるが、どうも右近中将のほうは逆にその機会を狙っている節がある。

「おや、顔色が悪いようだな」

「そ、そうですか？」

あんたのせいだとは、とても言えない。

「秋はほとんど出仕していなかったと聞いたが、体でもこわしたのかな」

「はい、長患いをしておりましたので……」

夏樹が滝夜叉を追って東国へ下った件は、ごく少数の者しか知らない。その中のひとり蔵人所《くろうどどころ》での上司・頭《とう》の中将が、夏樹の留守の間、新蔵人は病気療養中ということにしてくれたのだ。

実際、長い休みのあと出仕してきた夏樹は、死人のように青ざめた顔をしていた。傷心のためだったが、同僚たちは病のせいだと思いこみ、いまでもあまり無理をさせぬよう仕事を減らしてくれたりする。それに、同じ中将でも、頭の中将は右近中将と違い、怪しい趣味の持ち合わせはない。

近衛にいた頃と比べると、同僚も上司も天と地ほどの違いがある。蔵人所に移れて、本当によかったと思う夏樹であった。

が、右近中将にはそんな気持ちが伝わらないらしく、肩に置いた手をなかなかどけようとはしない。

「ふむ。やはり、蔵人の職は疲れるのではないか？　悩みごとがあるのなら、いつでも近衛に来るといい。じっくり相談に乗ろう。遠慮はいらんぞ」

「お心遣い、ありがとうございます」

蔵人所で死ぬ寸前までこき使われようとも絶対に行かないと誓いながら、頭を下げる。そこでやっと、右近中将は手を放してくれた。安堵の吐息が出そうになるのを、夏樹は歯を食いしばってこらえる。

「本当に、本当に遠慮はいらんからな」

しつこく念を押し、右近中将は名残惜しそうに振り返りながら、目の前から消えてくれた。笑顔で見送った夏樹も、もう大丈夫と判断したところで、こらえていた息を思いきり吐き出す。

しかし、本当の意味での安心はできない。簡単に見逃してもらえたのは、やはり昼間で人目を気にしていたからだろう。これが夜だったら、どうなっていたことか。

身に降りかかる危険をちょっと想像しただけで、夏樹は激しく身震いした。同時に、ところ構わず落ちこんで注意力散漫になっていた自分を、海よりも深く反省する。

（隙を作っちゃいけない。もう、御所の中で落ちこむのはやめよう……）

右近中将のおかげで、少しは前向きになる。再び歩き出そうとして、夏樹はまた別の人物に呼びとめられた。

「もてもてだな、新蔵人どのは」

一瞬、ぎょっとしたが、建物の陰からからかう声は、聞き慣れたものだ。案の定、そこから顔を出したのは白い装束をまとった一条だった。なんの用でこんなところにいるのか、片手には大きな箱を小脇にかかえている。

夏樹は見られていたという恥ずかしさから、つい声を荒らげた。

「なんでまた、いつもいつも」

不思議なことに、右近中将にからまれるとき、いつも一条がそばにいる。いままではそのおかげで助かっていたが、こうも続くと彼が中将をたきつけているのではないかと疑いたくなってくる。

「いたのなら、この前みたいに助けてくれてもいいじゃないか。それとも何か、ひとの不幸を見物したいとか言うんじゃないだろうな」

恨みがましく睨《にら》みつけると、一条は軽く肩をすくめ、

「そりゃあ、本当に危なくなったら出ていこうかと思っていたよ。でも、おかげで元気は取り戻せただろう？　獣なんかも身の危険を感じると、それまで弱っていたはずなのに、急に元気になって走り出したりするそうだぞ」

「じゃあ……」

夏樹は一瞬、絶句し、すぐに一条の胸倉をつかんで怒鳴りつけた。

「最初っから、最初っから見てたんだな、おまえ！」

意地の悪い笑みを浮かべ、一条も負けじと言い返す。

「ああ、どんより落ちこんでるところから、ずうっと見てたよ」

「じゃあ、右近中将が近づいてきてたのも見てたんだな？　なのに、警告のひとつもしてくれなかったんだな？」

「そうそう。いい刺激になるかと思って、温かく見守ってやったのさ」

「何が温かくだ」

頭に血が昇った夏樹は、あとさき考えずに一条の顔を殴りつけようとした。

「おっと」

くり出した拳は掌《てのひら》で簡単に受け止められてしまったが、はずみで一条のかかえていた箱が滑り落ちる。地面にぶつかって蓋がとれ、中に入れてあった幣束《へいそく》が飛び出す。木の棒に畳んで細く切った白い紙・紙垂《しで》を付けた、祈禱の際に使う道具だ。

陰陽師のはしくれなのだから、一条が幣束を持っていてもおかしくはない。しかし、いきなりそんな物が飛び出してきたことに、夏樹はすっかり毒気を抜かれてしまった。

「なんだよ、これ……」

「見てのとおり、保憲《やすのり》さまの忘れ物」

保憲とは、賀茂の権博士の名だ。一条は師匠を官職名ではなく名前で呼んでいた。

「忘れ物って、またか？」

「そう、また。昨日、女御さまのお風病がなかなか治らないんで祈禱しに行ったんだけど、そのままこれを弘徽殿に忘れていってくれてね」

「じゃあ、さっき弘徽殿に行ったんだ。もしかして、ついでに文の使いとかも頼まれてたり……」

「文？」

一条が訝《いぶか》しげに訊き返す。咄嗟《とっさ》に口を押さえたが、言ってしまった言葉はもう取り返しようがない。

「文って、なんのことだ？　弘徽殿の誰かに、誰かが文を出してるっていうのか？　なんで、そんな使いをおれがすると思ったんだ？」

畳みこむように問い詰められ、夏樹は口を押さえたまま首を振った。が、この状況でそんなことをしても、相手の好奇心をあおるだけである。

一条はにやりと笑うと、幣束を拾いあげ、夏樹の鼻の先で振ってみせた。白い紙垂がこすれ合って、さらさらと細かな音をたてる。

「白状しないと、これにくっついた病魔をけしかけるぞ。ん？　風病だけじゃ済まないかもしれないぞ」

冗談とわかっていても気持ちのいいものではない。やっぱり、さっき殴ってやればよかったと、夏樹は深く後悔する。

結局、脅しに負けて文の件を不承不承白状してしまった。ところが、一条はたいして驚きもしない。「なるほどね」のひと言で済まされてしまう。脅されて無理に白状させられたほうとしては、実に面白くない。

「おいおい、少しは驚いてくれよ」

一条は幣束を箱にしまいながら、素っ気ない返事をする。

「どうして？」

「あのなぁ、ばらしたこと、深雪に知られたらこっちは殺されるんだぞ」

「そしたら」

「生き返らせてくれるっていうのか？」

「魂魄《こんぱく》を式神にして、うちで存分にこき使ってやる。あおえもきっと喜ぶぞ」

あおえの嬉しげな顔がありありと頭に浮かんで、夏樹はめまいを起こしそうになった。

「……遠慮する……」

「そうだろう、そうだろう。ま、安心しろ。秘密にしろっていうなら、秘密にするさ」

「頼むよ……。にしても、もうちょっと驚いてほしかったんだがなぁ」

「なんで驚かなきゃいけないんだ？　あのひとならするだろう、それぐらい。もらう文もないわけじゃないぞ。その辺は下手な公卿《くぎょう》より完璧にこなすし」

「そうなんだ……」

その辺が苦手な夏樹はしきりに感心する。

「あ、でも、怖いとかいう意見もあるそうだけど」

「そりゃあ、陰陽師だからな。怖いぞ」

琥珀色《こはくいろ》の双眸《そうぼう》に、ちらりと凶悪な光がよぎる。だがそれも、一瞬のこと。夏樹は気づかないし、一条もそれ以上の強調はしない。

「だけど、そんな危険なところが一部に受けてたりするのさ。だから、全然驚かないね」

「じゃあ、ついでに権博士の真意を聞き出す役も引き受けてくれないかな」

どこがついでなのか、よくわからない論法だが、とにかく面倒な役を他人に押しつけてしまいたかった。が、一条はにべもなく、「いやだね」と突き放す。あまつさえ、箱を小脇にかかえ直して立ち去ろうとするので、夏樹はあわててその背にすがりついた。

「わかった、わかった。手伝えとは言わないからさぁぁぁ」

「……あおえみたいな声、出すな」

あおえの声を毎日聞かされている一条は、露骨に厭《いや》そうな顔をする。機嫌を損ねてはまずいと、夏樹はひたすら低姿勢になった。

「ほら、こっちはあんまり権博士のこと知らないから、どう接していいのかもわからないんだよ。せめて相談に乗ってくれよ。なあ、どうしたら権博士の気持ちがわかるかな？」

「お邸に行って直接尋ねるんだな。十二月は行事が多くていそがしいから、いないかもしれないが」

一条の返答は実に素っ気なかった。加勢を期待するなと言われたようなものだ。それでも、夏樹はあきらめきれずにもうひと押ししてみる。

「じゃあさ、邸に行けってことは、権博士は今日は参内《さんだい》してないわけか？」

「ああ、今日はいない」

「で、その幣束は権博士の邸に届ける？」

何が気に障ったのか、一条はほんの少し、唇を歪《ゆが》めた。

「しない。あそこは鬼門《きもん》なんだ」

「鬼門？」

「厭がられるんだよ。あそこの住人に。だから、陰陽寮《おんみようりよう》へ持っていくだけさ」

あそこの住人とはつまり、権博士の邸の式神たちで、一条は彼らに嫌われているということだろうか――

そう考えた途端、まるで思考を読み取ったかのように、一条が即答した。

「言っとくが、保憲さまは滅多なことで式神を使わない。邸の雑用係には、ちゃんと生きた人間を置いてる。おれを厭がってるのは保憲さまの弟だ」

「ああ、やっぱり……」

バッと口を押さえたが、またもや遅かった。一条は不思議そうにこちらをみつめている。

「真角を知ってるのか？」

「うーんと……」

なんとかこの場を切り抜けられないものかと思案するも、妙案は浮かばない。かえってこじらせることもありえると判断し、仕方なく事実を認めることにした。

「ああ、知ってる。うちの邸に深雪がいたときに、わざわざ兄君からの文を届けに来てくれた」

「そのとき、何か言われたんだな？」

その通りだが、真角の言葉をそのまま伝えるにはためらいがある。迷った末に曖昧にうなずくと、

「どうせ、よくあんなのと付き合ってられるなとか、嫌味を言われたんだろう」

見事に図星を指されてしまった。

なんだか告げ口したようで、居心地が悪くなる。そんな夏樹を慰めるつもりなのか、

一条は苦笑しながら真角のことを話してくれた。

「いまに始まったことじゃないから、べつに驚きもしないさ。最初からそりが合わなかったんだよ、あいつとは。賀茂家の邸にいた頃はもう、毎日のように衝突してたな。むこうが些細《ささい》なことをとりあげて、勝手につっかかってくるんだが」

「賀茂家の邸にいた？」

そういえば、隣の邸に引っ越してくる以前に彼がどこに住んでいたのか、夏樹は全然知らなかった。

「ああ。保憲さまの父上に、陰陽道《おんみようどう》の修行をしてみないかと誘われて、その縁でしばらく賀茂邸に厄介になってたんだ。でも、父上や兄上をとられるとでも思ったのか、真角はやたらと好戦的だし、師匠とずっと同じ家にいるのも気が重かったんで、どこか安い物件があればそこに移ろうとずっと思っていた。で、いまいる処《ところ》をみつけて、賀茂邸を出たというわけ。場所がいい割りに、タダ同然だったしな」

「確かに、あそこならそうだろうなぁ」

夏樹の隣の邸は、昔から物の怪が出るという噂があった。実際、噂を知って引っ越してきた強気の者ですら、次々に起こる変事におびえ、幾日も経《た》たないうちに逃げ去ってしまっていたのだ。

しかし、一条はもう一年近く、隣の邸に居すわっている。物の怪に悩まされているという話もついぞ聞かない。ひょっとして退治したか、あるいは式神にして雑用係に使っているのかもしれない。

「そんなわけだから、賀茂邸にはできるだけ近づきたくないんだ。くっついていって保憲さまに会おうって思っていたんだろうけど、おあいにくさまだね」

こちらの考えていることは何もかもお見通しらしい。

「明日は保憲さまも陰陽寮にいるはずだから、まあ、がんばってくれ。うまく本心を聞き出せるよう、祈禱してやってもいいからな。もちろん、有料で」

つまり、明日、陰陽寮に来ても間に立ってはやらないぞと宣言してくれたのである。

当てが外れて、夏樹はがっくりと肩を落とした。打ちひしがれている様子をことさらに強調してみせたが、当然のことながら、一条は同情などまるでしてくれなかった。


一条と別れ、蔵人所に戻ると、滝口《たきぐち》の武士の弘季《ひろすえ》が夏樹を待っていた。

滝口の武士とは宮中の警護を担当する侍で、その所属は蔵人所にある。が、彼とは夏樹が近衛将監《このえのじょう》だった頃から縁があった。

親子ほど年が離れていることも、身分的には夏樹のほうが上であることも、なんら交流の障害にはなっていない。むしろ、夏樹は遠い周防国《すおうのくに》にいる父の代わりだと思って接していたし、むこうも息子のようにかわいがってくれた。

が、今日の弘季は難しい表情をしていた。ただでさえいかつい顔が余計にいかつく見えるため、蔵人所の役人たちは誰も近寄ろうとしない。

弘季のその表情が、夏樹が現れるや、ほんの少しゆるむ。

「どうかしましたか？」

ただならぬ雰囲気に気づいて夏樹が問うと、弘季は身振りと視線で、場所を変えようと伝えてくる。何か、他人に知られたくない話でもあるような素振りだ。

戸惑いながらも夏樹は求めに応じて外へ出た。ふたりは暖かな冬の陽射しを避けるようにして、校書殿《きょうしょでん》の裏手へと向かう。まわりに人がいないのを確かめた上で、やっと弘季は重い口を開いた。

「実は……新蔵人どのを見こんで頼みがある」

弘季の張り詰めた様子が、逆に夏樹にすぐさま返事をするのをためらわせた。べつに彼に不信感をいだいたわけではなく、重大な話に気軽に応じてはいけないような気がしたのだ。

しかし、弘季はそうはとらずに、困ったように視線をそらした。

「いや、唐突すぎたな。事情も話さずに、いきなり外へ連れ出して……」

「いえ、ゆっくりでいいですから説明してください。真剣に聞かせてもらいますから」

ため息をひとつ洩らし、弘季は苦笑した。

「すまない、気が急《せ》いてしまって。最初から話すから、どうか我慢してもらえまいか」

「いくらでも」

夏樹に真摯な目でみつめられ、ようやく気持ちが落ち着いてきたのだろう。頭の中を整理するように目を閉じ、再びまぶたをあけたときには、いつもの彼に戻っていた。

……かに見えた。実は、と前置きして語り出すと、弘季の表情はたちまち暗くなったが。

「先日、武蔵国《むさしのくに》にいた遠縁の者が京に上ってきたのだ。故郷で少々まずいことがあってな。遠縁以前に親友と言ってもいいような間柄の男で、いくらでも援助するつもりだったし、むこうもこっちを頼りにしていて、京に着いたらわが家に逗留《とうりゅう》する予定だった。それが三日前、夜遅くになって到着したものだから、遠慮して別の宿をとろうとしたらしい」

弘季の双眸に、苦痛の色が浮かぶ。

「よりにもよって、河原院《かわらのいん》に泊まったそうだ」

「河原院……！」

夏樹ですら、その邸の名を知っていた。

平安京といっても、ぎっしり家が軒を並べていると思ってはいけない。畑もあれば、原っぱもある、空き家も多い。魔所《ましょ》と呼ばれ、誰も足を踏みいれない、いわく因縁の場所もたっぷりとある。

河原院はかつての主人・河原の左大臣の亡霊が出るとささやかれ、都の数ある魔所の中でも有名すぎるくらい有名なところだった。

「なんだって、そんなところに」

「武蔵国から出てきたばかりだ、そういう邸だと知らなかったらしい。せめて、こちらに教えてくれていれば……」

自分の責任だと思っているらしく、弘季はぎゅっと唇を噛《か》む。いつも豪胆な彼だけに、そんな顔をされると見ているほうがたまらない。早く話を終わらせてほしくて、夏樹は先を進めるよう促した。

「いったい、その河原院で何が起こったんです?」

弘季も早く語り終えたかったのだろう。膿《うみ》を押し出すように言葉を吐き出す。

「武蔵から連れてきていた妻が、鬼に殺されたそうだ」

平安時代、もっとも恐れられた怪異が『鬼』だ。ひとびとは恐怖のあまり、正体不明のものをすべて『鬼』と呼んだ。

弘季もその呼び名を口にするのに多少のためらいを感じたらしかった。それでも、恐れを垣間《かいま》見せたのは一瞬で、『鬼』という言葉を口にしてかえって楽になったのか、あとはむしろ淡々と話してくれた。

河原院にいかなる鬼が現れたか。旅人の妻がどのようにして奥の間に連れ去られたか。密室と化した奥の間をいかにしてあけたか。そして、妻の死体がどのような状態で残されていたか——

「まるで袿《うちき》そのもののように死体が軽くなっていたのは、血を吸われていたからだったそうだ。胸を汚したわずかな血以外は、ほとんどその身に残っていなかったらしい」

「血を、吸われて……」

古屋《ふるや》にひそむ、血を吸う鬼。

想像するだけで夏樹も背すじが寒くなった。何よりも、軽くなった死体を衣桁《いこう》に掛けていくという、その行動が理解できない。不気味すぎる。これはもう、『鬼』の仕業としか言いようがない。

「夫のほうは、すっかり腑抜《ふぬ》けてしまって、その夜からずっと泣きどおしだ。食も喉を通らなければ眠ることもできぬ有様で、このぶんだと後追いをしかねない。最愛の妻を目の前でさらわれた上に、そんな殺されかたをされたんだ。無理はないかもしれないが……」

「そうでしょうね……」

「そこで、頼みがあるんだが」

話の流れから、どういう頼みなのか予測はついた。が、夏樹は口を挟まず、神妙な面持ちで次の言葉を待った。

「ひとをとり殺すような物の怪を抛《ほう》っておくこともできん。親友を正気づかせるためにも、妻の仇《かたき》をとってやりたい。今夜にでも、河原院に同行してはもらえまいか」

気持ちよいぐらいにはっきり言われ、夏樹も即座に答える。

「わかりました、お受けします」

恐れはあるが、迷いはない。何よりも、期待に応えてやりたいと思った。弘季が涙を流さんばかりに喜んだのは言うまでもない。

しかし、引き受けたあとで気になってきたことがひとつ。

「それで、河原院に赴《おもむ》くのは何人？」

弘季は質問の答えを言いよどんだ。わずかに間をおいて、

「ふたりだ」

なんとか表情を変えまいと、夏樹は相当の努力をしなくてはならなかった。

「ふたり？」

「その友なんだが——地元の権力者に睨まれて、やむなく郷里を逃れてきている。追っ手がかかっている懸念もないわけではない。事が大きくなると、あいつにとって不利になるばかりなのだ……」

そう説明されれば納得せざるを得ない。力強く承諾したあとで前言撤回もできない。

したくない。しかし、不気味な鬼にたったふたりで対峙《たいじ》するのかと思うと、武者震いとは言いがたい怖気《おぞけ》が走る。

　湧き起こる不安と意地とに挟まれ、夏樹はなんとか打開策をみつけようと模索した。そこで閃《ひらめ》いたのが一条の名だった。

　鬼とくれば陰陽師。しかも、秘密だと約束させれば、ちゃんと守ってくれる相手でもある。本人がついさっき、そう断言したのだから間違いない。

「加勢をもうひとりだけ頼んではどうですか？　鬼退治にうってつけの人物がおりますが」

　夏樹は言葉を尽くして、一条の必要性を説いた。最初は乗り気でなかった弘季だが、『鬼とくれば陰陽師』説に次第に心を動かされ、やっと陰陽生《おんみょうしょう》を誘うことに同意してくれた。

　そうなれば、即、行動あるのみ。さっそく夏樹は陰陽寮に向かった。だが——さんざん待たされた揚げ句、応対に出てくれた陰陽寮の老舎人《ろうとねり》は素っ気なく、

「もう、お帰りになられました」

　ならば、自宅に急行するのみと、夏樹は蔵人所にいったん戻り、自分の仕事を早々に片づけて御所を退出した。

　その足で、一条の邸にまっすぐ駆けこむ。なのに、そこにも彼の姿はなく、いたのは

留守番役のあおえだけ。焦った夏樹は、あおえをきつく問い詰めたが、

「知りませんよぉ、聞いてませんよぉ。どうして信じてくれないんですかぁぁ」

と、べそべそ泣かれてしまった。

「じゃあ、待たせてもらう。どうしても、今夜までに一条に逢《あ》って、話をしなくちゃならないんだ」

「べつに、構いませんけど……。どうせなら、その間、わたしと双六《すごろく》でもしません？」

たちまち涙をひっこめ、あおえは嬉々《きき》として双六を運んできた。さっき、きついことを言って泣かせた手前、どうも断りにくい。

「一条が帰るまでだぞ」

罪滅ぼしのつもりで付き合ったが、集中できずに結果は惨敗続きで、勝ち続きのあおえは大喜びする。

「夏樹さん、今日は運が悪いですねえ」

その通り、運が悪かった。弘季との待ち合わせの刻限ぎりぎりまで待っても、ついに一条は邸に戻ってこなかったのだ。


陰陽師のいないまま、鬼退治――

一条を捕まえることができなかったと告げたとき、弘季はいささかの動揺も見せなかった。最初から助力を期待していなかったのは明らかだ。

さすがは武勇をもって朝廷に仕える武士《もののふ》。肝のすわりかたが違う。

逆に、夏樹自身はどんなに不安であろうとも、それを表に出すわけにはいかなくなってしまった。それはそれで仕方がない、自分だってつい数か月前は武官だったんだと、覚悟を決める。

（それに……ぼくにはこれがある）

救いを求めるように触れたのは、腰に差した太刀《たち》だった。曽祖父・北野《きたの》の大臣《おとど》ゆかりのこの太刀には、憤死し、雷神となった大臣の霊力が宿っていた。

いざとなれば、これが子孫を守ってくれるはず。いままでがそうだったように。

それでも、闇夜に濃く浮かびあがる河原院の前に立ったとき、夏樹の足は震えた。邸の放つ凶々《まがまが》しさもさることながら、似ていたのだ。壮麗な御殿が時の流れによって無残にも朽ち果てていく、その有様が、滝夜叉が根城にした相馬《そうま》の古御所《ふるごしょ》に。

甦《よみがえ》った苦痛を振りはらい、夏樹は率先して河原院に足を踏み入れ、自分の目であちらこちらを確かめていった。

（古御所の庭には、こんな大きな池はなかった。こんな松の木もなかった。もっともっと荒れ果ててた。家屋の配置も全然違う。大きさだって違う。風の匂いも違う）

そう言い聞かせることで、少しずつ胸の痛みが遠のいていく。

（ここは……相馬じゃない、都なんだ）

ふと振り向くと、弘季が心配そうにこちらを見ていた。河原院に入ってからの夏樹の様子に、引っかかりを感じたらしい。

「大丈夫か？　こんなことに引きこんで悪かったと思っているが、いまからでも……」

夏樹は首を横に振った。

「いいえ。古い邸を見ていて、つらいことを少し思い出しただけです。怖《お》じたわけではありません」

夏樹の苦しい恋を、弘季は知らない。まだ話せるほど、心の整理はついていない。

「そのことは、いずれ話せるかと思います。いまはまだ、とても……」

年齢を重ねている分、察してくれるのも早い。弘季はうなずき返しただけで、深追いはしなかった。こんな彼だから、いつか本当に打ち明けられるようになりたいと、夏樹も心から願う。

ふたりは履物も脱がずに、河原院の寝殿に上がりこんだ。内部は思ったより荒れていない。もとが由緒ある邸だけに、近所の者が管理しているとは聞いたが、ときどきは掃除もしているのだろう。

だがきっと、昼は入れても夜は近づきもできないはず。深夜の河原院に上がりこむのは、噂を知らない旅人か、よほどの愚か者ぐらいだ。愚かだとわかっていても、やらなければならないことが人生には山ほどあるが。

「ここが友人とその妻が休んでいた部屋だ」

弘季は冷静につぶやきながら、倒れた燈台《とうだい》に明かりを灯《とも》す。ゆらゆらと揺れる炎は、ふたりの影を濃く描き出す。

「そして、あちらが鬼の現れた奥の間だ」

顎で指した先には、めちゃくちゃに壊れた妻戸《つまど》が倒れていた。その先までは明かりが届かない。まるで、冥府《めいふ》が暗い口をあけて来訪者を待っているかのようだ。

（あおえを連れてくればよかった。あいつも腕力なら期待できるし）

夏樹はちらりとそう思った。しかし、彼に馬頭鬼の知り合いがいることを、弘季は知らない。生真面目《きまじめ》なこの武士なら、あおえに会った途端、

「おのれ、物の怪！」

と叫び、問答無用に斬りかかってくることも充分考えられる。いくらなんでも、それはかわいそうだ。

あおえにしたところで、

「これから鬼退治に行くんだが、いっしょに来ないか？」

などと切り出せば、きっと、馬づらを青ざめさせ、

「鬼はわたしの管轄じゃありません！　どうぞ、いってらっしゃいませ!!」

と抵抗したに違いない。もとは冥府の役人で、あんな顔と図体《ずうたい》をしていながら、怖がりというのも困ったものである。

「……新蔵人どの、何を笑っている？」

ふいに話しかけられて、夏樹はびくっと肩を震わせた。

「あ、いえ……、ちょっと緊張して……」

情ない馬頭鬼のことを思い出して苦笑していたとは言えず、もごもごと口ごもる。しかし、弘季は夏樹の言葉を額面どおり受けとって、

「まあな、笑ってしまいたいぐらい、いかにもの邸だな」

と慰めるように言ってくれた。

「こんなところに、あいつを泊まらせてしまったかと思うと……」

弘季がまた落ちこみそうな気配を見せたので、夏樹は急いで言葉を探した。

「こういう空き家って、よく盗賊の隠れ家になったりしますよね。親友の奥さんをさらった男は閉めきった奥の間から消え失《う》せたそうですが、もしかして抜け道があったのなら、盗賊がひそんでいたのかも……」

「しかし、盗賊は血を吸ったりはしないだろう。平気でそんなことができるのなら、生きた人間であろうと、そいつは鬼だ」

弘季の声は厳しい。その表情も。

「行こうか」

燈台の火を紙燭《しそく》に移し、弘季は妻戸の残骸をまたぎ越して奥の間へ入る。ためらいもしない。夏樹はさすがに寒気をおぼえたが、勇気を奮い起こして彼のあとに続いた。

奥の間は想像以上に広かった。その中に、古びた衣桁だけが置かれているのが、なんとなく不気味だ。ましてや、この衣桁に死体がぶら下がっていたのだと思うと……。

瞬間、夏樹の目に、そこにはもうないはずの死体がはっきりと見えた。全身の血を吸いとられ、羽毛のように軽くなった女が。

細い手は、こちらを手招くがごとく揺れている。肌はすでに冷たく堅く、透き通るように白い。だが、流れ落ちる黒髪は、そこにのみ命が残っているように、つやつやと光り輝いている――

夏樹は耐えきれずに、衣桁から目をそらした。再び視線をそこに戻したときには、もうすでに死体はなくなっていた。

(幻覚……？)

それとも、死んだ女の霊が無念を訴えようとして、その死に様を垣間見せたのか。

弘季は何か見てはいないだろうかとうかがうと、床板や壁をじっくり検分しているところだった。仇をとりたい一心でいることが、その横顔からも感じられた。

「どこにも逃げ道はないな……。ここから煙のように消えてしまったのなら、やっぱりその男は『鬼』なのだろうな」

弘季は恐れることなく、何度も『鬼』と口にする。

物の怪の類いはその名を呼べば現れるとも言われているのに、気にならないのか。あるいは、出てきてもらいたくて、あえて言葉にしているのかもしれない。

実際、邸を包む不気味な雰囲気は、立ち入ってすぐの頃よりも確実に増していた。空気が重いのだ——それに、寒い。夜気の冷えとはまた違う、心を萎《な》えさせる寒さだ。

その刹那、むわっと血臭《けっしゅう》が漂った。部屋中の壁や柱や床板に、たっぷり血が染みこんでいるような、強烈な臭い。

「弘季どの！」

夏樹が叫んだと同時に、弘季は紙燭を投げ捨て抜刀していた。床に落ちた火を反射して、刃がぎらぎらと光る。その切っ先が指し示す部屋の隅に、鬼がいた。

話に聞いたとおりの、白一色の出で立《い》ちだった。垂纓《すいえい》の冠《かんむり》をかぶった姿は優雅としか言いようがないが、この場にそぐわなくて異様さばかりが際立つ。いったい、どこから現れたのか。

しかし、夏樹と弘季を襲った驚愕《きょうがく》は、それゆえではなかった。彼らは、その『鬼』を知っていたのだ。深みのある切れ長の目も、あまり表情を表さない薄い唇も、すらりとした長身も――

ふたりは彼の名を同時に叫んだ。

「賀茂の権博士……!!」

権博士そっくりの鬼は――それとも本当に彼なのか――薄い唇の端を吊りあげて、にっと笑った。冷酷に、突き放すように。それとも、ふたりの呼びかけに応えるように？

夏樹も、弘季も、予想外の事態に動けずにいる。そんな彼らを嘲笑《あざわら》い、鬼は――権博士鬼は一歩前に踏み出した。太刀を抜くことすら忘れていた夏樹に向かって。

夏樹は後ろにさがることしかできない。身の危険を切実に感じながらも、友人の師匠に――いとこを想《おも》ってくれているかもしれない相手に、刃《やいば》を向けるのをためらっている。

邸を包む冷たさが凝縮したような、権博士の冷徹な瞳。もはや、それだけしか夏樹の目には入らない。旅人の妻にしたように、彼が右手を差し出したことにも、まったく気づいてはいなかった。

「新蔵人どの！」

呪縛を破ったのは弘季の呼びかけだった。それと、目の前で閃いた白刃。

叫ぶとともに弘季が振りおろした太刀が、権博士の伸ばした右手を一刀のもとに斬り落としたのだ。

肘の先から斬られた腕が、床に落ちてごろごろと転がる。なのに、権博士は悲鳴のひとつもあげなかった。表情も変えなかった。

血も流さなかった。

床に転がった腕からも、無惨な傷口からも。ほんの一滴すら。

腕の断面は濡《ぬ》れてもおらず、全体が乾いた赤茶色に染まっているだけで、骨も見えない。肉とも違う。こんなものが人間であるはずがない。権博士であるはずがない。

鬼、なのだ。

夏樹はやっと太刀を抜いたが、わずかな差で権博士、否、鬼はひらりと身を躱《かわ》した。そのまま、後ろの遣戸《やりど》に体当たりする。

不思議なことに、遣戸は開かなかった。なのに、鬼の姿は一瞬のうちに視界から消えてしまう。まるで、遣戸のほんの少しの隙間から、外へと逃れたかのようだ。

「待て！」

夏樹と弘季はあとを追って、すぐさま外へ駆け出した。

冬の夜空には重い雲がかかって、月の光も星の瞬《また》きもさえぎっている。それでも、彼方《かなた》を駆けていく鬼をみつけることはできた。白い直衣《のうし》が闇に浮き出るように、はっきりと見えていたから。

その速さたるや、まるで尋常ではなかった。夜風に乗って、羽根のごとく軽やかに走る。全速力で追っても、間の距離はひらく一方だ。

このまま走れば、苦労せずとも逃げおおすことができたろう。なのに、何を思ったのか、鬼は鴨川《かもがわ》にかかる六条《ろくじょう》の橋の上で立ち止まった。

息も乱さぬ涼しげな面持ちで、追っ手が追いつくのを待ち構えている。武器も何も持たず、手を斬り落とされるほどの大怪我《おおけが》をしているのに。

(橋の上で決着をつける気か？　それも、同時にふたりを相手に？)

が、夏樹たちが橋にたどり着く前に、鬼は意外な行動に出た。欄干に跳びあがるや、ふわりと宙に身を踊らせ、鴨川に飛びこんだのである。

暗い川面《かわも》に、大きな水しぶきがあがった。

「馬鹿な」

さすがの弘季も顔色を変えて叫ぶ。

「こんな真冬に川に飛びこむなんて、死ぬ気か！」

ふたりは欄干から身を乗り出して、川を覗きこんだ。

流れは穏やかだが、水の冷たさは侮れないはず。いきなり飛びこめば、それだけで心《しん》の臓はとまり、死に至るだろう。あれに心臓があればの話だが……。

どこかに浮きあがってくるはずと思い、夏樹は川を見廻《みまわ》した。必死に凝らした瞳が、やがて、橋よりも上流の水面《みなも》に妙なものを発見する。

間違いなく、それは河原院の鬼だった。顔半分を水面に出して、こちらをじっとみつめている。冷ややかな、人間《ひと》とは思えぬまなざしで。

目が合った瞬間、夏樹は相手の視線の中にぞっとするものを感じ、息を呑《の》んだ。弘季も夏樹の様子に気づいて同じ方向を見、ひるんだように喉の奥でうなる。欄干を握る無骨な指は、力を入れすぎて真っ白になっている。

復讐心に猛っていた武士を萎えさせるほど、それは異質なまなざしだった。

鬼はわずかに目を細め、笑った。方向を変え、上流へとゆっくり泳ぎ出す。呼吸を必要としないのか、それ以上顔を水面に出すこともせずに。

追わなければ——

夏樹も弘季もそう思いながら、鬼が遠ざかっていくのを、橋の上からただじっと見送っていた。

鴨川にほど近い四条の邸で、真角はひとり、せせらぎの音に耳を傾けながら、ぼんやりとすごしていた。

文机《ふづくえ》の上には漢詩などさまざまな書籍が広げられているが、さっきから同じところで止まっている。脇に置かれた火桶《ひおけ》も、火が消えて久しい。格子の隙間から夜気は忍びこみ、部屋はしんしんと冷えている。

静かな夜だったが、それ以上に邸内は静かだった。ひとの気配も、真角のもの以外はまったく感じられない。

その点では、一条の邸と似ていた。あそこと違って、賀茂家の使用人はみな人間だが。ひとの気配がないのも、通いの者が多く、泊まりこむ場合も離れた家屋を使っているからだった。

いま、母屋《おもや》を使っているのは、真角と兄の保憲のふたりだけ。彼らの父親は丹波権介《たんばのごんのすけ》として丹波国に赴任し、ずっと都を留守にしている。

兄も今夜はまだ帰っていない。大晦日《おおつごもり》のさまざまな行事――大祓《おおはらえ》、節折《よおり》、そして追儺《ついな》――の準備に追われているのだ。もしかしたら、今夜もまた邸には帰ってこられないかもしれない。そんな日がもう何日も続いていた。

昼間、陰陽寮に行けば、兄には会える。だが、職務に忙殺されている姿を見れば、話しかけることもためらわれた。ときどき手伝いに駆り出されるが、仕事が終われば抛っておかれる。ゆっくり話もできない。

こんな状態が、年明けまで続くのだ。

真角の吐き出した息が白く染まった。その色を見て初めて寒さに気がついたように火桶の中をかき廻すが、一度消えた火は熾《おこ》らない。だが、そんなことはどうでもよかった。本当に冷えているのは胸の内側だから。

気持ちをまぎらわそうと、真角は小さな木の板を取り出した。小刀で削り、ひとの形にしていく。大体の形ができたところで、顔の部分に目鼻を墨で描き入れる。これでもう、ほぼ出来あがり。

真角は口の中で呪文を唱え、人形《ひとがた》に息を吹きかけて部屋の隅へと投げやった。すると、床に落ちた人形は突然むくっと身体《からだ》を起こし、二本の脚でしっかりと立ちあがった。仕掛けなどどこにもない、いたって稚拙な造りの人形だったのに。

真角は寂しげに微笑むと、人形にむかって小声で呼びかけた。

「父上」

人形は交互に脚を出し、よたよたと歩き始める。両手はまっすぐ真角に伸びている。墨描きされた目鼻までもが、心持ち動いているようだ。

なんとも危うげな歩みだったが、人形はやっと真角のもとまでたどりついた。両手を彼の膝にちょこんと置いて、顔をあげる。どちらかというと、いかめしい表情が描かれていたのだが、いまは笑顔のようにも見える。

それは、丹波にいる彼の父親の顔だった。

人形はしばらく、真角の膝に登ったり降りたりして遊んでいた。が、糸が切れたように、唐突にばたりと落ちる。もう動かない。それはただの木片でしかなかった。

真角は憂い顔で人形を拾いあげると、文箱の中にそれを放りこんだ。そこには、同じような人形がいくつも仕舞いこまれていた。

「長持ちしないな」

それでも、ひとりの夜はついつい術を試してみたくなる。以前は人形ばかりでなく、馬や鳥の形をした細工物もよく作った。真角が術をかけるとそれらは動き始め、いないたり、唄を歌ったりして、創造主の孤独を慰めてくれた。

もっと凝って、布で作った人形に草笛を持たせ、合奏をさせたこともあった。あれは本当に楽しかったが、翌朝、兄にみつかってひどく怒られ、家人《けにん》にはおびえた目を向けられるようになってしまった。

以来、派手な術は慎しむようにしている。それでも、なかなか家人の目は変わらず、腫れ物に触るような扱いばかり受けている。童とはいえ、陰陽師の卵を怒らせては何をされるかわからないとでも考えているのか。

(なんにも満足にできやしないのに……)

その証拠に、真角の作るものは人形も細工物も長く生きられなかった。どんなに念入りに作っても、乱雑に作ったものと命の長さは大して変わらないのだ。

いくら凝ったところで、結果がそれでは空《むな》しくなる。だから、いまはもう、ごく簡単なものしか作らない。まだちゃんと陰陽道の修行をしていないのだから、当然と言えば当然だろう。が、それでも真角は不満だった。

(同じ年の頃、兄上はもっともっと先を行っていたのに。去年まではここにいた、あいつは、さらにもっと……)

あれはいつだったろう。父があの見知らぬ少年を、初めて邸に連れてきたのは。

「和泉国《いずみのくに》の知人のご子息だ。今日からうちで、陰陽師の修行をしてもらうことになった。真角には、保憲より年が近いな。ふたりとも、兄弟と同じように仲よくするんだぞ」

だが、仲よくするだなんて、とても無理だと真角は思った。あの琥珀色の瞳を見たときから。

粗削りだが、強烈な光を放っていたあの瞳を——

自分でさえわかったものを、兄がわからないはずがない。父なら、なおさらだ。なのにどうして、ふたりは彼に優しいのだろう。なぜ、長い時間をかけて一族が築きあげてきたものを、惜しみなく他人に与えられるのだろう。

確かに、彼は並の器ではない。才能をのばしてやりたいという誘惑にかられるのもわからないではなかった。だが、あの瞳は与えられるもの全てを奪っても、なお飢えて欲するはず。しまいには賀茂の力を余さず喰《く》らい尽くすだろう。

父は彼を溺愛しているから、予感はあっても実感が持てないのかもしれない。しかし、跡継ぎである兄が危機感をいだかないのは、どう考えても不思議だった。

それとも、血すじなど関係なく、純粋に強いものが残り、弱いものは消えればいいと、本気で思っているのだろうか。

ならば、次男坊の自分があれこれ悩む必要はない。陰陽師にだって、なれなくてもいい。先が見えている未来にしがみつくより、全然違う世界に挑戦して運命を変えるほうが、ずっと前向きな生きかただろう。

とはいえ、陰陽師になることにまったく魅力を感じていないわけでもなかった。自分もあの父の息子、あの兄の弟。素質はたっぷりあるはず――そんな自負が捨てられないのだ。それに、家族からも期待をかけられている。それを裏切る勇気はない。

いや、本当のところを言うと……楽をしたかった。

陰陽師になる道すじは、すでに父と兄の手によって構築されている。これに沿って歩けば、目をつぶっていても、そこそこまで行くだろう。だが、新しい道は何もかも自分で作らなくてはならない。失敗する可能性は大いにある。そもそも、新しい道とはなんなのかすら、わかっていない。

結局は決められず、今夜もどっちつかずのまま時間潰しに書を読みふけり、飽きれば未練たらしく人形を作っている……。

新しい木片を手に取ると、部屋の格子がことことと揺れた。風の音だと思って最初は気にしていなかったが、名前を呼ばれた気がして真角はハッとする。兄の声に似ていた。

「兄上！」

声を弾ませるとともにすぐさま格子を上げ、外を見廻す。夜の闇ばかりが広がっていたが、その中に白い人影が立っているのが、すぐにわかった。

「兄上？」

とまどいながら、再び呼びかける。返事はない。目がもっと闇に慣れるに従って、様子が妙なことに気がついた。十二月も半ばをすぎているというのに、兄は全身ぐしょ濡れになっているのだ。

驚いた真角は、急いで外へ飛び出した。

「兄上……！」

青ざめた顔に薄く微笑を浮かべ、こちらを見下ろしているのは、まぎれもなく兄の保憲だ。が、真冬に水浴びをするほど彼は酔狂ではない。予想もつかない事態に陥ったのでない限りは。

「いったい、どうなさったのです、兄上。ああ、こんなに濡れて」

とにかく早く家へ上げようと袖をつかむ。本当は腕をつかんだつもりだったが、そこには何もなかったから――

真角はあわてて手を放した。いまの感触が信じられず、彼の指は小刻みに震えている。

「兄上……？」

兄は大怪我をしたのだと思った。が、何かがそれを否定する。

何がそうさせているのか、すぐには理解できなかった。答えは焦《じ》れったいほどゆっくりと、喉をせりあがってくる。

「血が出ていない……」

白い直衣も指貫《さしぬき》も濡れてはいるが、これっぽっちも血で汚れていない。

兄は静かに手をさしのべる。肘から先が失われている手を。断面は赤茶色だが、したたる血は一滴もない。

最初から、血は流れていなかったのだ。

『真角』

呆然《ぼうぜん》とする弟に、兄は言った。いや、声は出していない。唇の形から、真角がそう読み取ったのだ。

『腕を、つけておくれ』

おびえながらも、なぜかうなずき返している自分を、真角はまるで別の人間のように感じていた。

第三章　冬の夜《よ》の花

陰暦十二月の宮中では、古い年の罪や穢《けが》れを祓《はら》い、新しい年を迎えるための儀式が数々執り行われる。御所のあちこちであわただしさが募っていくが、儀式で重要な役割を担う陰陽寮《おんみようりよう》は特にいそがしそうだった。

夏樹《なつき》が訪れたときも例外ではなかった。いつもの老舎人《ろうとねり》の案内で、すんなり中に通してもらえたが、すれ違う者のほとんどが『このいそがしいときに、いったい何用だ？』という目でこちらを見る。居心地はすこぶる悪いが、ここまで来て逃げ帰るのも馬鹿らしいから、じっと耐える。

前を行く老舎人がふいに立ち止まった。

「どうぞ。一条《いちじよう》さまはあちらの部屋でお待ちですよ」

と、御簾《みす》の下がっている部屋を差し示す。これで役目は済んだとばかりに、さっさと去ろうとした彼を、夏樹はためらいがちに呼びとめた。

「あの……賀茂《かも》の権博士《ごんのはかせ》のお部屋は？」

「その奥ですよ。権博士さまにもお会いになりたいのですか？」

うなずくと、老舎人は渋い顔になった。

「権博士さまはいま、大層おいそがしいのですが」

夏樹はあわてて両手を振った。

「いや、訊《き》いてみただけだから。権博士の邪魔はしたくないし、ぼくが用があるのは一条のほうだから」

疑わしげに振り返りながら老舎人は立ち去っていく。彼の姿が角を曲がって見えなくなるまで待ってから、夏樹は言われた部屋ではなく、さらにその奥へと向かった。

権博士の部屋は、御簾も巻きあげられて中が丸見えだった。そっと覗《のぞ》くと、白い直衣《のうし》を着た男がこちらに背を向けて座っている。

後ろ姿だけでも権博士だとわかった。彼には独特の雰囲気がある。深く考えているようで、実は何も考えていないような、つかみどころのなさとも言うべきか。弱冠二十歳で、宮中でも一、二を争う陰陽師《おんみようじ》になるからには、それくらい謎めいたところがあって然《しか》るべきかもしれない。

にしても、彼の着ている白い直衣が気になった。織りの紋様が異なるため別物であることははっきりしているが、白い色がどうしても昨夜の鬼を思い出させるのだ。

だが、昨夜の鬼は腕を失っている。目の前の権博士には、ちゃんと腕がついている。

やっぱり、あんなものが権博士であるはずがない。

古屋《ふるや》の暗がりのせいで他人のそら似が酷似に見えたとか、理由はそんな単純なことだったのかもしれない。それ以外、考えられないし、ぜひともそうであってほしかった。

ふいに、権博士が前を向いたまま話しかけてきた。

「何かご用ですか、新蔵人《しんくろうど》どの」

このまま、そっと去ろうかと思っていた夏樹は、飛びあがらんばかりに驚いた。

「あ……、すみません。おいそがしいところを邪魔して……」

顔を真っ赤にして謝りつつ、どう本題に入ろうかと模索するが、うまい案が出てこない。結局、夏樹は思いきりぶつけてみることにした。

「あの、いとこから聞いたのですが」

権博士が振り返る。昨夜の冷ややかなまなざしとは違う、穏やかな目をして。

「そんなところで立っていないで、どうぞ、お入りください」

お言葉に甘えて、夏樹は部屋へと入った。むこうから誘ってくれたのだから、老舎人への言い訳はたつなと喜びながら。

夏樹が円座《わろうだ》に腰を下ろした途端、権博士のほうから深雪《みゆき》の件を切り出してきた。

「伊勢《いせ》の君《きみ》に文《ふみ》を出すのは本気だからか。それを訊きたいのでしょう？」

話が早いのはありがたい。不躾《ぶしつけ》だろうが、夏樹は大きくうなずかせてもらった。

「お気を悪くしないでくださいね。何も邪魔をしようなどとは思っていませんから。いとこに頼まれたんですよ、それとなく権博士どのの真意を聞き出してほしいと……」

全然『それとなく』ではない。権博士に怒られたとしても、これでは文句も言えない。が、彼は怒るどころか、逆ににっこりと微笑《ほほえ》んでくれた。

「色にはいでじと思ひしものを」

本歌は『恋する心が表に出ないようにと思ったのに、耐え忍ぼうとする心のほうが負けてしまった』という意味の古歌だ。要するに、本気だと言っているのである。

「……すごいお転婆《てんば》ですよ、あれは」

実感をこめて忠告する。それでも、権博士の笑みにはヒビもはいらない。

「とても明るくて素直なかただと思いますよ」

「それって、ものは言いようってだけじゃ……」

「いやいや、確かに元気すぎるところもおありだが、本質は一途《いちず》でかわいらしいかたとお見受けしました」

どこが一途でかわいらしいのかと、夏樹は真剣に悩んだ。深雪の恋心を知っていれば少しは納得できただろうが、恋愛ベタゆえにそこまでたどり着けない。

「できうることなら、あの素直なところをもっと遠慮なく見せてもらいたいものだと思いましてね。人気の高い伊勢の君に文を送るなど、身のほど知らずだとは思いましたが……」

「そんな、身のほど知らずだなんて」

夏樹は力いっぱい頭を横に振った。むしろ、あんな乱暴者に権博士はもったいないとさえ思った。しかし、あの深雪が彼に接することで少しでも穏やかな気質になってくれるなら、筆頭被害者としてこれほど嬉《うれ》しいことはない。

「ああいうのでよろしいのでしたら、ぼくからもよろしくお願いします」

「伊勢の君のお心次第ですけどね。わたしも急いでどうこうとは思っていませんし。まずは友人として親しくしてもらえたらと……」

「絶対大丈夫ですよ。かなり揺らいでますから」

話をするまでは、権博士を気の毒にさえ思っていたのだが、真実を知っていてそれでもなお構わないと言うのなら、口を挟む余地はない。こっちが気に病む必要もない。

(これでもう檜扇《ひおうぎ》で殴られずに済む。怒鳴られずに済む。馬鹿呼ばわりされずに済む)

深雪が権博士と恋仲になったら、こういうことが一切なくなる。もしくは、少なくなるに違いない。

(……それはそれでなんだか、ちょっとだけ、本当に本当にちょっとだけ、寂しいような気がしないでもないでもなくもないんだけど……ん?)

どちらだか自分でもわからなくなる。夏樹は無意識に首を左右に振った。

（ま、とりあえず、これで深雪との約束は果たしたな）

このまま気持ちよく立ち去りたかったが、もうひとつ確認したいことがある。こちらの質問は切り出すのが難しい。場合によっては、河原院《かわらのいん》の話を他人に洩《も》らさないという約束に抵触しかねない。

「あの……」

「まだ、何か？」

「昨夜はどこにいました？」

そう尋ねるのが精いっぱいだった。胸の鼓動が速くなる。権博士に動揺の気配があったり、はっきり『河原院にいたじゃありませんか』などと言われたら、どうしたら——

が、権博士は動揺しなかったし、もちろん河原院の名も口にしなかった。

「ずっと四条《しじょう》の家にいましたよ」

それを確かめるすべはない。だが、しつこく尋問もできない。

「そうだったんですか。いえ、なんでもないんです。変なことを訊いてすみません」

『なぜそんなことを？』と追及される前に、夏樹は急いで部屋を飛び出した。あまりドタバタしては余計に不審がられると思い、足音がしないように爪先立てて。別段呼びとめられもせずに、夏樹はなんとか権博士のもとから逃げおおせた。

そのまま、一条のもとへと向かう。こちらは仕切りの御簾が完全に下ろされていた。

御簾越しに呼ぼうとした途端、中から声がかかる。

「入れよ」

陰陽師というものはみんなこうなのだろうかと夏樹は首をひねりながら、御簾をくぐった。

一条のいた部屋は権博士のところよりもひと廻《まわ》り小さかった。ほかは誰もおらず、当人は床に片肘ついて寝そべっている。髪はさすがに結ってあるが、冠《かんむり》は足もとにひっくり返っている。きちんと文机《ふづくえ》の前に座していた権博士とは比べようもない。

一応、陰陽道《おんみょうどう》関係とおぼしき書籍が散らばっているものの、本当に読んでいたかどうか、はなはだ怪しかった。目が少しとろんとしているのは昼寝の名残ではないかと、夏樹は推理する。

それでも、一条は夏樹が寄り道をしたことを知っていた。

「保憲《やすのり》さまの部屋に行ってたな」

「話が聞こえたのか？」

「いや。足音でわかった」

「どんな耳をしてるんだか……」

深雪宛ての文のことを一条は知っているのだから、べつに隠す必要はない。それよりも、せっかく足音をたてないよう歩いたのに、まったく無駄だったのがくやしい。

「そこらへん、適当にすわれよ」

円座も出てこないので、冷たい床板に直接腰を下ろす。文句のひとつも言いたいところだが、相手も床に直接寝そべっているので、それができない。代わりに、

「陰陽寮はどこでもあわただしいように見えたけど、ここはなんだか違うみたいだな」

と皮肉るも無視される。

「昨日、うちに来たそうだな」

「ああ。そのことなんだが……」

皮肉っても効かないのでさっさと本題に入り、夏樹は昨夜の河原院での出来事を、最初から最後まで詳しく語った。

権博士には語れず、一条に話せるのは、弘季《ひろすえ》から許可をもらっているためだ。事前に捕まえられなくて果たせなかったが、本来なら一条も鬼退治に連れて行くつもりだったのだから、問題はない。

「――と、いうわけなんだけど、どう思う？　権博士は、昨夜ずっと自宅にいたって言っているけど……」

「試しに、保憲さまの腕を斬り落としてみたらどうだ？　血が出たら潔白だ。わかりやすい」

困ったことに、一条が言うと本気で勧めているように聞こえてしまう。

「……おまえがやれよ」

「冗談はともかく」

やっぱり冗談だったとわかって、夏樹は内心ホッとした。

「今夜にでも河原院に行くか。その鬼がまた同じ場所に出るとは思えないが、調べてみる価値はありそうだ。ついでに、あおえも連れて行こう。何かみつけるかもしれない」

「あおえも？　難しくないかな。ほら、あいつ、怖がりだろ」

眉間に皺《しわ》を寄せる夏樹に、一条はにやりと笑いかけた。

「鬼が出たと教えなければいい。あそこに出るのは、河原の左大臣の亡霊だってのが巷《ちまた》の通説だろ？　死霊なら、冥府《めいふ》の役人に任せられるじゃないか」

「なるほど」

実体があり、生き血を吸い、川に飛びこんで逃げる——夏樹が目撃したものは、ただの死霊ではなかった。河原の左大臣の霊でもないはずだ。

しかし、そういうことを一切教えず、『亡霊が出る』という表現を使えば、あおえも怖がらずについてくるだろう。一条の言うとおり、馬頭鬼《めずき》なら何かみつけるかもしれない。ひょっとして、あの鬼の正体もわかるかも。

「だが、あおえを連れて行くとなると弘季どのは誘えないな……。まあ、仕方がないか。そこはなんとかしよう。陰陽師が霊を刺激しないように最少人数で行きたがっているとでも言えばいいかな」

「いいんじゃないか？」

「よし、じゃあ、今夜。弘季どのにはうまく言っておくから、そっちはちゃんとあおえをだまくらかしてくれよ」

「だまくらかすとは、ひと聞きの悪い」

一条は不快そうに眉をひそめたが、きっと——それも進んで——やってくれると夏樹は信じて疑わなかった。


今宵《こよい》は雲も晴れ、月の光がふんだんに河原院に降り注いでいた。それでもやはり、邸《やしき》は物の怪《け》が出そうな妖しい雰囲気を醸し出している。

あおえはそんな河原院を見るなり、予想に反し、はしゃいだ声で感想を述べた。

「うわぁ、いかにものお邸ですねえ」

「そうだろう、そうだろう」

まるで、自分の別邸にでも連れてきたかのように一条は自慢げだ。

「におうだろ？　死霊のにおいが」

「はい。ここに、その昔、左大臣まで務めたおかたの霊が出るんですね？」

「ああ。それほどの人物がどうしてまた現世をさまよっているのか。そこを突きとめ、大臣に冥府行きを説得できたなら、閻羅王《えんらおう》もきっとおまえを見直してくれるんじゃないかな」

あおえをここまで連れてくるためのもっともらしい理由を一条が述べる。それが口から出任せとも知らず、あおえはきらきらと目を輝かせた。

「なんだか、やる気が出てきました。死霊でしたら、ぜひともこのあおえにお任せくださいな」

今夜のあおえは水干《すいかん》を着た上に、笠《かさ》を深くかぶっていた。どんなに目深にかぶっても、長い馬づらを完全に隠すことはできないが、ないよりはマシである。

顔を隠すなら、まわりに帳《とばり》を垂らした市女笠《いちめがさ》が最適であるが、

「あれをかぶらせるくらいなら、ないほうがマシ」

と、夏樹が強硬に反対したので没になった。あおえはちょっと不満そうだったが。

一条は烏帽子《えぼし》もかぶらず、髪も結わずに長いまま垂らしている。私的な場では、とことん気楽な恰好《かっこう》で通すのが彼の信条らしかった。

唯一、普通の恰好をしているのが夏樹——いや、比較する相手が相手だけに、何を着ても『普通』と言えただろうが。

「で、弘季どののほうは、うまくやってくれたんだな？」

　一条に尋ねられ、夏樹は苦い表情を作った。

「ああ。むこうもそれどころじゃなくなったんだ。例の、武蔵国《むさしのくに》から来た親戚が……首をくったそうで」

　さすがの一条も、わずかではあったが顔を曇らせる。

「後追いか……」

「なになに、なんのことです？」

　好奇心いっぱいに耳をピクピク動かして、あおえが話に加わろうとする。仲間はずれにするわけではないが、邸に入る前に真実を知られてはまずい。死霊ではなく鬼が出ると知った途端に、怖がりのあおえはしっぽを巻いて逃げ帰らないとも限らない。

「いや、あのな、ううんと……」

　言いよどむ夏樹に代わり一条が、

「もうひとり加勢を頼むつもりだったんだが、突然の不幸があって駄目になったんだ。まあ、あおえがいるから大丈夫だよな」

「はぁい、わたしがいるから全然大丈夫ですよぉ」

　素直に納得してもらえて、夏樹はホッと息をついた。後ろめたさがないわけではないが、せっかくあおえがやる気になっているのだ、水を差すのも悪かろう。

「じゃ、行くぞ」

馬頭鬼の気の変わらぬうちにと、一条も夏樹も足早に河原院の門をくぐる。彼らに押されて先頭に立ったあおえは、

「うふふ。おふたりともようやく、わたしの真価に気づかれたみたいですね」

と自信たっぷりだ。一条も適当に調子を合わせる。

「おお、気がついたとも」

だますのは気がひけるが、この際仕方ないと夏樹も割りきって、

「やっぱり、死霊なら、あおえだよな」

「そうでしょう、そうでしょう」

あおえはとても気持ちよさそうに鼻孔を膨らませ、河原院にあがりこんだ。後ろで一条が夏樹に「ほら、こんなもんだ」と耳打ちしていることなど、まるで気づいていない。

陰陽師と馬頭鬼という連れがいるせいか、夏樹も昨夜ほどの恐怖心は感じなかった。実際、邸の妖気がいくらかやわらいでいるような気がする。

(ここにはもう、あの鬼はいないんだな……)

つくづく、鬼を取り逃がしたことが悔やまれた。とはいえ、あの鬼を真似《まね》して真冬の川に飛びこむわけにはいかなかったし、深追いすればしたで、きっとただでは済まなかったろう。川面《かわも》からじっとこちらを見ていた冷酷な視線から、それはたやすく想像できた。

あのあと、夏樹はいったん弘季と河原院に戻ったのだが、血痕はもちろん、斬り落としたはずの腕も現場には残っていなかった。

「あれはやはり鬼だったのか。確かに、ひとを斬った感触ではなかったが……」

そう言って、弘季が掌《てのひら》をじっとみつめつつ疲れた顔をしたのが印象的だった。

もしも、あの腕を持ち帰り、妻をなくした男に渡して、

「おまえの妻の仇《かたき》はとったぞ。これがその証拠だ」

とでも言ってあげていたなら、残された夫は首をくくらなかっただろうか。それとも、その程度では彼の絶望は癒せず、後追いを防ぐこともできなかったのだろうか――

ふいに肩を抱かれ、ぎょっとして振り返ると、思いのほか近くに一条の端整な顔があって、夏樹は二度びっくりしてしまった。

「何か？」

「またろくでもないことを考えているだろ。たぶん……、ここが相馬《そうま》の古御所《ふるごしょ》に似てるとか？」

三度目の仰天だった。が、それを考えていたのは昨夜の自分だ。いまはもう、ここが古御所とは違うという意識をちゃんと持っている。

表情で心を読み取ったか、はたまた陰陽の術によるものか。一条はまた夏樹を驚かすようなことを言った。

「違うか？　じゃあ、弘季どのの親戚が首をくくったことを考えてるんだな」

ひどく近くにある琥珀色《こはくいろ》の瞳を、夏樹はまじまじとみつめる。

「驚いたな……。今度は大当たりだよ」

「わかりやすい表情してるからな、おまえは」

単純明快なやつだと言いたいらしい。当然、夏樹はむっとなった。

「ほら、むっとした」

「悪かったな」

見抜かれてなるものかと、手で顔を覆う。子供っぽいやつめと笑われるのを覚悟していたが、いつまでたっても静かなので指の隙間から覗《のぞ》くと、一条は妙に真面目《まじめ》な顔をしていた。

「何か言わないのか？」

手を下ろして尋ねれば、

「そっちこそ、怖いとか気持ち悪いとか言いたくはならないのか？」

と逆に尋ね返されてしまう。その質問は夏樹にとっては完全に想定外のものだった。

「なぜ？　わかりやすい表情だって、さっき言ったじゃないか。それとも、術で心を読んだのか？」

「いいや」

真面目な顔が引っこみ、馴染《なじ》みの皮肉っぽい笑みが浮かんでくる。

「すごくわかりやすくて、いいな」

「そうかい、ありがとう」

褒められた感じは微塵《みじん》もなかったが、とりあえずそういうことにしておいて礼を言う。

「ふたりとも、なにグズグズしてるんですかぁ？」

もうとっくに邸の奥へと進んでいたあおえが、焦《じ》れったそうに手招きをしていた。

「早く来てくださいよ。すごいんですから、ここ」

「はいはい」

声をそろえて返事をする。あおえはもっと熱意のある反応が欲しかったらしく、

「本当にすごいんですってば。早く来てくださいよぉ」

と、むきになって大声を出す。

「わかった、わかった。いま行くよ」と夏樹が返し、

「わかったから怒鳴るな。うるさい」と一条が邪険に言う。

「おふたりの性格はよーくわかりました。特に一条さんのほうが、よーっく」

あおえは気を悪くしたらしく、鼻息を荒くし、こめかみをひくひくさせている。

地獄の鬼を怒らせたというのに、夏樹は少しも怖いとは思わなかった。どうやら、あおえという馬頭鬼の存在に、すっかり慣れてしまったらしい。

が、どんなにらしくなくても、本質が鬼である点は変わりない。一条と夏樹が奥へと入っていくと、あおえは片隅に残されていた衣桁《いこう》を指差し、見えないものの存在を言い当てた。

「ほら、あそこにいますよ。珍しい死霊が」

ぎょっとして、夏樹は身を固くした。彼には何も見えてはいなかったが、先日、ここで幻視した女の姿が厭《いや》でも思い出され、目の前の何も掛かっていない衣桁に重なる。

「変わった死にかたですねえ。血を吸いつくされて、くたくたになってますよ」

あおえには鬼の話もその被害者のことも話しておらず、邸に出るのは河原の左大臣の死霊だと適当に告げていたはず。そのはずだよな、と一条に目で問いかけると、むこうも夏樹の問いかけの意味を正しく汲《く》み取って浅くうなずく。それでも、あおえは衣桁をまじまじとみつめつつ、

「それにしても衣桁に掛けられるなんて、ずいぶんと猟奇ですねえ。いったい、何があのひとの身に降りかかったんでしょうかねえ。お目当ての左大臣らしいひとはいないみたいですけど」

「見えてるのか……?」

夏樹がおそるおそる訊くと、あおえは厚い胸板をどんと拳で叩《たた》き、力強い答えを返してきた。

「わたし、死霊の専門家ですよ。この美しいつぶらな青い瞳には、衣桁にぶら下がってる女人の死霊がくっきりはっきり見えていますとも」

出任せにしては詳しすぎる。部分的に異論はあるが、嘘《うそ》は言っていないように思われた。

「本当にそこに死霊がいるんだな」

「はい。ねっ、そうですよね、一条さん？」

あおえとふたりして一条に注目する。返ってきたのは、肯定だった。

「いるな」

だったら——

（昨夜、自分が見たのは、幻覚じゃなかったのか）

旅人の妻はまだここにいたのだ。殺されたときとそっくり同じ状態で。

夏樹はだんだん興奮してきた。もしかしたら、被害者が加害者のことを詳しく教えてくれるかもしれないのだ。

「その死霊と話できるか、あおえ」

「ええ。ちょっとやってみましょうか」

いつもは間が抜けて見える馬づらを、きりっと引きしめる。いままで、こんなに彼を頼もしく感じたことはない。

咳《せき》ばらいをひとつして、あおえは衣桁にむかって話しかけた。

「あーっと、奥さん？　もしもし、奥さん？」

夏樹と一条の高まっていた期待が、一気にしぼんだ。

「おいこら、もっと言葉を選べよ」

「そうだ、そうだ」

外野の罵声を歯牙にもかけず、あおえは自分なりの交渉術を貫き通す。

「ちょっと、お話ししませんか？　おいくつですか？　こんなところで何をしてるんですかぁ？」

まさか、いつもこんな感じで死者の魂を冥府に導いていたのだろうか。だとしたら、こいつがときおり死霊に逃げられるのも、無理はないなと夏樹は思った。

かなり長いこと、あおえは呼びかけ続けていた。が、どうやら相手は反応しないらしく、一方通行の質問ばかりでまったく会話になっていない。やがて、あおえもあきらめて首を横に振った。

「駄目ですね。この奥さん、ちゃんと考える力ももう持っていないみたいです」

「というと？」

「夢見心地とでも言いましょうかねえ。ボーッとしたまま死んじゃったんで、それをいまも引きずってるんですよ」

死ぬ間際、彼女がすっかり鬼に魅入られていたことは、弘季からも聞いていた。

（死してなお、そのときのままなのか――）

苦しんでいるよりは遥《はる》かにましだが、やはり哀れだ。生きているとも死んでいるともつかぬ状態で、夫がどうなったのかも知らず、鬼の呪力に縛られ続けるとは……。

「どうにかならないか？　死んだ自覚を与えて、成仏するように勧めるとかなんとか」

せめて希望を見出《みいだ》したかったのに、あおえばかりか一条までが首を横に振る。

「聞こえないのなら何を言っても無駄だろうな」

「じゃあ、ずっと衣桁にぶら下がったままでいるのか？」

「ああ。でも、ずっとってわけじゃない。何年かかるかは知らないが、そのうち自然に朽ちていくはずだ」

「つまりは成仏？」

「いいや。完全な消滅だな。来世も訪れない。そんなものは彼女に必要ないんだ。ただ、甘い夢にひたっていられればいいんだから」

一条の声は淡々と響き、冷酷にさえ聞こえた。夏樹は救いを求めてあおえを見やったが、すまなそうに視線をはずされてしまった。

「どうにかしてやりたいんですけどね。それこそ力ずくで冥府に送るとか……。でも、わたしも現世に島流しにされた身ですから、そこまで強引な真似もできませんし」

「そんな」

夏樹は唇を噛《か》みしめて衣桁を睨《にら》みつけた。見えない死体を見ようとするが、昨夜とは何が違うのか、いっこうに変化はない。

無力感ばかりが募る。陰陽師ばかりか馬頭鬼までそろっているのに、どうして女人ひとり救えないのか。いったい、何が足りない？　誰だったら彼女を救える？

殺されたのみならず、こんな荒れ果てた物の怪邸でただ朽ちていくだけだなんて、あんまりだ——

「本当に、どうしようもないのか？」

あおえに重ねて問う。答えもないし、目も合わせてくれない。

「本当に？」

一条にも問う。琥珀色の瞳は逃げなかったが、否定するのをためらいもしなかった。

「おれたちには無理だ」

「じゃあ、誰ならいいんだよ！」

そのとき——外に面していた遣戸が音もなくあいた。夏樹の訴えに応えるように。

そこには誰もいなかった。が、単に夜風のせいであいたわけではない。夏樹には見えないが、遣戸を押しあけた者が確かにそこにいたのだ。

それを教えてくれたのは、見ることのできるあおえと一条だった。

「おやおや、こちらはどちらさまの死霊でしょう？　あれっ、首に縄の痕がありますね」

「ああ、そうだな」

「まさか……！」

愕然《がくぜん》とする夏樹に、一条が実況を語ってくれる。

「年は食ってるが、なかなかいい感じの男だぞ。情が深そうだな。ほら、部屋に入ってくる……。おまえのすぐ横を通ったぞ。感じないか？」

暗示にかかってしまったのだろうか、左腕がひやりとした。すぐ近くを冷たい何かが通ったかのように。

「おれたちのことなんか、気にもとめてないな。衣桁にまっすぐ向かっていくぞ。泣きそうな顔をして、両手を差しのべて――女を衣桁から降ろすつもりだ。……いま、降ろした」

微《かす》かに衣桁が揺れたのは、単なる偶然か否か。

「女はぐったりしている。動かない。死んだままだ。男は女の身体《からだ》を抱きしめている。何事かを訴えるように口が動いているが、声は出てない」

きっと、女のためだけの声なのだろう。どうか彼女には聞こえていてほしいと、夏樹は強く願った。

「女にはまだ変化がない。まるで装束と同化しきっているみたいだ。袿《うちき》も白いし、顔も手も真っ白だし、胸の血の痕も赤い花を差しているみたいで……。ああ、まつげが少し震えているな──」

一条の説明を夏樹は途中から聞いていなかった。肉眼ではまだ捕らえることはできなかったが、見えるような気がしたのだ。死んだ夫が妻を迎えにきた場面が。

夫は妻の髪を優しくかきなでている。女のまつげが震えているのは、そのせいだろうか。いや、妻は目をあけようと──夫の姿をその目で見ようとしているのだ──

堅く閉ざされていたまぶたが、微かに上がっていく。時間をかけて、ゆっくりと。夫はそれを辛抱強く待っている。

まぶたの下から現れたのは、いまだ眠りから醒《さ》めていない霞《かすみ》がかった瞳だった。が、少しずつ輝きをとり戻していく。そこに映るのは、彼女を救わんとする夫の姿だ。

細い腕がふらふらとあがり、たおやかな指が夫の頬に触れる。夫はその手を握りしめ、誓いの言葉をささやく。もう二度と放さないと──

ふいに、一条が肩を叩いた。

「行ったぞ」

その途端、夏樹の幻視も終わった。抱き合うふたりの姿は、すっとかき消える。

改めて衣桁を振り返る。気のせいか、そこにわだかまっていた暗さが、心持ち薄れたようだった。

「迎えが来て、連れて行ったんだよな？」

確信が欲しくて夏樹は一条に尋ねた。

「ここにはもういないんだよな？」

冷たく否定されたらどうしようと内心おびえていたが、一条はしっかりとうなずいてくれた。

「ああ、連れて行った」

「……よかった……」

心底、そう思う。旅人が自ら死を選んだと聞いたときはやりきれなかったが、それは妻を河原院から救うために彼が身を棄《す》てて選んだ手段だったのだと信じたい。信じてやりたかった。

「やあ、しかし、変わってましたねえ。あれが河原院の死霊なんですよね、話とはずいぶん違ってましたけど」

あおえの口調は『いいもの見させてもらいました』と、よその庭の木でも褒めているかのようだった。

「もういなくなったんだから、これでいいんですよね？　それじゃ、帰りましょうよ。わたし、おなかすいちゃいましたし」

あおえの言葉に、女の死霊から鬼の話を聞き出そうとしていたのを思い出す。途中でそれを忘れて、夫婦の絆《きずな》の強さばかりに注目してしまった。

彼女を殺したあの鬼は何者で、いったいどこへ行ってしまったのか。なぜ、権博士にそっくりだったのか、結局、何もわかっていない。

「無駄足だったのかな……」

がっくりくる半面、女が救われたのを確認できただけでもいいかなと思う。この話をしてやれば、弘季の苦悩も少しは軽くなるかもしれない。

一条にもそういう肯定的なことを言ってもらいたくて振り返ると、彼はなぜかその場に屈《かが》みこみ、床に片手をついていた。

「何やってるんだ？」

「いや、指貫《さしぬき》の裾が汚れてたから」

さっと何かを袖の中に入れたと思ったのは、気のせいだったろうか。

（こんな古屋で、何か拾う価値のあるものってあったっけ？）

そんな物あるはずないと無意識に否定してしまう。この部屋は、昨夜弘季とじっくり調べて何も出てこなかったのだから。

「亡くなった奥さんが成仏できたのはよかったけれど、例の鬼に関しては収穫がまったくなかったな」

一条にだけ聞こえるよう、小声でささやきかける。すると、彼は謎めいた笑みを唇に薄く浮かべ、「そうでもないぞ」と答えた。

その夜の弘徽殿《こきでん》は静かだった。

いつもなら、かなり遅くなっても管絃《かんげん》の音や女房たちの笑いさざめく声が聞こえてくるものだが、女主人の女御が風病《かぜ》をひいて臥《ふ》せっているため、みな遠慮していたのだ。細々と聞こえるのは、病気平癒を祈る祭文《さいもん》のみ。今宵も陰陽寮の賀茂の権博士が、女御《にょうご》の快復を祈りに来ていた。

祈禱《きとう》が終わり、女房がひとり付き添って権博士を送り出す。その役を自ら買って出たのは、伊勢の君であった。

「では、賀茂の権博士、どうぞ、こちらへ」

西廂《にしひさし》を伊勢の君――深雪が先に立って歩く。色鮮やかな袿の裾が、さらさらと衣《きぬ》ずれの音をたてる。白い裳《も》の上には長い髪がかかり、つやのある黒が釣燈籠《つりとうろう》の明かりを反射させる。

後ろ姿といえども、殿方に見せるからには気を抜くわけにいかない、との気迫が深雪の全身からゆらゆらと立ちのぼっていた。後ろにいるのが気になる相手だから、なおさらだ。

これほど気を配っているというのに、権博士はずっと無言だった。このまま何も言ってくれない気かしらと深雪もだんだん焦れてくる。思いきって振り返ってみようかと考え始めた途端、やっと権博士が名を呼んでくれた。

「伊勢の君？」

「……はい？」

心《しん》の臓がすごい勢いで踊り始めた。鼓動が権博士に聞こえはしまいかと気になったが、たっぷりと重ね着した袿で防御されているから、そんなことは起こり得ないはず。上気した頬も、しっかりと檜扇で隠し、

（よしっ、これなら振り向いても大丈夫）

度胸を決めて、深雪はゆっくりと振り返った。

「どうされました、賀茂の権博士さま？」

「女御さまのお加減がよろしくないこのおりに、こんなことをお尋ねするのも気が咎《とが》めますが……」

来るぞ来るぞと、もうひとりの自分が深雪の耳もとでささやく。

「そろそろ、お気持ちを聞かせてはいただけませんか？　お返事ではいつも、うまくはぐらかされていますからね」

思い詰めた感じではなく、友達同士がふざけているような軽い言いかただった。深雪もホッとして、気軽く返答する。

「まあ、はぐらかすだなんて。ほんの少し戸惑っているだけですのよ。なのに、そんなふうにおっしゃられると、権博士さまのお気持ちも疑わしく思えてまいりますわ」

すぐなびくような真似はせず、あからさまに突っぱねもしない。まんざらでもない素振りをしつつ、けれども相手の気持ちを疑ってみせる。それが恋愛事のお約束だ。

貴族にとって恋愛は嗜《たしな》みのひとつ。これぐらいはできないと恥をかくことになる。宮仕えをする女房なら、なおさらだった。

だから、文の遣《や》り取りそのものに負担は感じてはいなかった。この程度でいいのなら、いくらでも相手をしてやれるとまで思う。駆け引き自体楽しいし、夏樹への刺激にもなるし。

ただ、権博士が真剣に迫ってくるようになったら、その時点で駆け引きはお終《しま》いにするつもりでいた。なんだかんだ言っても、深雪にとってのいちばんは夏樹なのだ。

清らかで、幼いながらも真剣だった初恋。いまでもそれは変わっていない。いくら相手が鈍く、こちらの想《おも》いにまったく気づいてくれないばかりか、ほかの女に恋するような大馬鹿者であっても。

権博士も確かに魅力的だし、気持ちが揺れていることは否定できない。それでも、やっぱり、この想いを貫きたかった。夏樹が駄目だったときの保障にとっておきたい気持ちもないではなかったが、それはちょっと虫がよすぎるだろう。

(二兎《にと》追って一兎も得られなかったら哀《かな》しいものね)

これが、深雪の出した結論だった。

「それにいまは女御さまのことばかりが気になって……。重くはなくとも病が長引いていらっしゃるのが心配ですわ。権博士さまはどう思われます?」

話の方向を変えて、女御の病状を尋ねる。それこそはぐらかしたのだが、権博士は厭な顔ひとつしなかった。

「大堰《おおい》の別荘から移っていただきましたから、それほど大変なことにはなりませんよ。年明けには、お風病もすっかり治られると思います」

「まあ、大堰の別荘にあのままいたら大変だったふうにおっしゃるんですのね」

「はい。風病では済まなかったかもしれません」

本気なのか、冗談なのか、権博士の微笑みからは判別がつかない。普通に考えれば、宮中よりも気がねしなくてすむ実家の別荘のほうが、療養には向いているはずだが……。

「まあ、確かに、大堰は静かすぎるかもしれませんわね。夏はともかく、冬はちょっと……。よからぬ病魔が冷たい大堰川からやってきそうですもの」

相手に合わせて、なんの気なしに言ったことだったが、返事が来るまでに少し間があった。まるで、驚きのあまり絶句しているかのように。

だが、勘ぐりすぎだったらしい。権博士の表情はなんら変わるところがない。

「……うっかり妙なことを言ってしまいましたね。どうか、お聞き流してください、伊勢の君。でも、年明けによくなられるというのは本当ですよ」

「それをうかがってホッとしましたわ」

あと数日で大晦日《おおつごもり》だ。年が明けるまでには、たいして時間は残っていない。それに、権博士が治ると言うのなら、本当にそうなるだろうと深雪は思った。

「大晦日の鬼やらいには、権博士さまが祭文をお読みになられるのでしょう？　そのときに、女御さまにとり憑《つ》いている病魔も祓ってやってくださいましね」

権博士は極上の笑みとともに、

「そうするつもりですよ」

と力強く答えてくれた。虚勢ではなく本物の自信を漂わせて。深雪の胸はまたもや騒ぎ出した。

（いやだわ、素敵だわ、大人だわ。夏樹も早くこれぐらいになってくれないかしら。あ、でも、どう考えても、あと数年は必要よねえ……）

夏樹のことを考えていると、ふいに権博士が彼の呼称を口にした。

「そういえば、この間、新蔵人どのが陰陽寮にいらっしゃいましたよ」

「まあ、そうなんですの？　失礼なことをしていなければいいのですけど」

いかにも心配そうな顔でそう答えたが、内心では、

（さっそく、権博士さまの真意を探りに行ったわけね。ふふっ、夏樹にしては感心だわ）

と、ほくそ笑んでいた。しかし、権博士の次の言葉でその喜びも打ち砕かれる。

「いとこのことをどう思っているのかと、いきなり訊かれてしまいましてね。正直、困ってしまいましたよ。あのかたに真面目に尋ねられると、駆け引きなどとてもできませんからね」

深雪の笑みがピキンッと音をたてて凍りついた。唇の端だけが、細かくひきつる。

「……夏樹が、そんな、失礼なことを……」

心の中では、

（わたし、『それとなく』って言わなかった？　『それとなく』って言ったわよね？　言ったわよね!?）

と叫んでいた。

「伊勢の君のことを、それはそれは心配なさっていましてね。けして戯れではないと申しあげたら、大層喜んでくださって、応援してくださると約束までしていただけたんですよ」

「……応援……」

みぞおちが、カッと熱くなってきた。そこから怒りの炎が立ちのぼり、頭のてっぺんまで一気に突き抜けていく。握りしめた檜扇は、手の中できしきしと小さな悲鳴をあげていた。

「夏樹が、そんな、失礼な、ことを、権博士さまに」

声に怒りがにじまぬよう必死に抑えるがために、却《かえ》ってぶちぶちと切れた不自然なしゃべりかたになる。が、権博士は気づかないふりをしてくれた。

「おや、また、うっかり口がすべってしまいました。では、これ以上、伊勢の君にあきれられないうちに退散するといたしましょう」

「あきれるだなんて、おほほほ、おほ……」

深雪は真夜中に徘徊《はいかい》する肉食獣のように目をぎらつかせながら笑った。頭の中は、いかにして夏樹を締めあげるか、それだけしかなかった。

弘徽殿を退出し、賀茂の権博士は承香殿《しょうきょうでん》の北面をひとり歩いていた。彼の唇には、さきほどの微笑がまだうっすらと残っている。

（あの女房どのには本当に驚かされる……）

伊勢の君と話をするのは純粋に楽しかった。

こちらが陰陽師と知ると、変にありがたがったり、逆に怖がったりする者が多いが、彼女はどれにも当てはまらない。そこも権博士には新鮮だったのだ。

彼女の心が本当は誰に向かっているのか知っているし、急いで深い仲になろうとは全然思っていない。まずは友情を育むことができさえすればそれでよかったのだ。ただ、そのためにも、もっとよく彼女を知りたかった。だから、文の遣り取りを始めたのである。

実際、文を書くのも読むのも想像以上に楽しかった。今後はもっと楽しみだなと思いながら歩いていると、前方に人影をみつけた。

たちまち、権博士の笑みはひっこみ、まったくの無表情となる。脇によけ、その人物が通りすぎてくれるのを待っていたが、相手はわざわざ進路を変えて近づいてきた。これでは、あからさまに避けることもできない。

「おお、賀茂の権博士ではないか」

声をかけたのは、背が低く、満月のように丸い顔をした男だった。とはいえ、贅沢《ぜいたく》な衣装を身にまとったさまはけして見苦しくなく、顔立ちもなかなか愛嬌《あいきょう》がある。

権博士は深々と頭《こうべ》を垂れて男に敬意を表した。一介の陰陽師ごときには、雲の上に住んでいるにも等しい人物なのだ。

「右大臣さまには、ご機嫌うるわしく……」

　この丸顔の男が、現職の右大臣。帝の寵《ちょう》を弘徽殿の女御と争う、承香殿の女御の父親である。あの派手美人がどこでどうなって、この親から生まれたのかは、いまもって謎とされていた。

「いやいや、あまりうるわしくもないのだよ。巷で流行《はや》りの風病に、わしもかかったらしくてな」

　右大臣はわざとらしく空咳をしてみせたが、本当に咳《せ》きこんでしまい、顔を真っ赤にして苦しがる。顔だけでなく、やることなすことに愛嬌があった。

「それはいけませんね。今年の風病は一度かかると長引いてしまって、祈禱でもなかなか全快いたしませんから。右大臣さまもお気をつけになりませんと……」

「そういえば、弘徽殿の女御さまもお風病をめしたらしいな」

「はい。いまも病気平癒の祈禱を終えて陰陽寮へ戻るところでございました」

「どのような具合でいらっしゃるのかな？」

「病状はいたって軽うございます」

「ふむ。それにしても、大堰の別荘にお越しの際に、体調をくずされたのであろう？　そのまま、ゆっくりされておられればよろしかったのに、無理をなさって御所へお戻りになられたために、かえってこじらせられたのではないかな？」

「いえ、むしろ御所に戻られたために、お風病もさほど重くならずに済んでいるのでございます。あのまま、大堰にいらっしゃれば——」

権博士はそこで言葉を切り、右大臣の表情をうかがった。あたりは夜の帳《とばり》に包まれていたが、闇に慣れきったその瞳に見えないものは何もなかった。

右大臣の反応をじっくり観察してから、権博士はふっと表情をなごませた。

「どちらにしろ、弘徽殿の女御さまも年明けには回復されましょう」

と、深雪に告げたのと同じことを言う。

「ほお、年明けに」

「はい。今年は鬼やらいの祭文を読む役をわたくしが務めますので、そのおりに、病を運ぶ『鬼』を一年の穢《けが》れとともに祓ってごらんにいれます」

『鬼』という言葉に、右大臣はほんの少し動揺した。うっかりすると見落としてしまいかねない変化だったが、権博士は見逃しはしなかった。

「うん、鬼は陰陽師に任そう。よろしく頼むぞ、権博士」

陽気に笑いながら、右大臣は権博士の脇を通りすぎていく。権博士はその様子を目をすっと細めて見送った。もしも、右大臣が彼のその目を覗きこんでいたら、怒っただろうか、おびえただろうか。

「わたしを待っていたんでしょう、右大臣さま?」

だが、権博士のつぶやきはあまりに小さくて、右大臣の耳には入らなかった。

あさっては大晦日という土壇場になって、深雪はようやく宿下がりする時間をもぎとることができた。それも、夜に行って、その夜のうちに内裏に帰るという強行軍で。どれほど強行でも、深雪自身はいっこうに構わなかった。とにかく、夏樹を最低三発は殴りつけないと、どうにも気がおさまらなかったのだ。

本当はてっとり早く御所の中で捕まえようとしたのだが、いくら呼んでも夏樹は弘徽殿にやってこなかった。単純にいそがしくて、行こうにも行けなかったという事実を知らない深雪は、危険を察知して逃げようとしているなと邪推し、よけいに怒りを燃えあがらせた。よって、邸に押しかけて思う存分罵倒してやる気になったのである。

外出の許可をもらうや、牛車《ぎっしゃ》でもって夏樹の邸へ向かった。逃げられると困るので、先触れの文も出さなかった。いわば奇襲である。

牛飼い童《わらわ》と従者がひとりついているものの、牛車の中にいるのは深雪ひとり。誰はばかることなく宮廷女房としての仮面をはずし、素の自分に戻って凶悪極まりない笑顔を作る。

（さあ、どうとっちめてやろうかしら……）

それとなく尋ねろと頼んだにもかかわらず、べらべらしゃべったのは、もちろん大罪だ。だが、いちばん許せないのは、せっかく恋心をあおってやろうとしたのに、気づかないどころか、恋敵（になるはず）の権博士に協力を約束したことである。

（これを裏切りと言わずしてなんと言うの？　何をされたって文句は言えなくてよ）

少なくとも、深雪の論理ではそうなる。

不敵な笑いが無意識に洩れたが、牛車の軋《きし》む音にまぎれて従者には聞こえないようだった。これはいいと、今度は意識して小声で笑ってみる。

ぎしぎし、ふっふっふっ、ぎしぎし。

鬱憤を多少、吐き出したことで、深雪にも余裕が生まれてきた。燃え盛る怒りは健在だが、目の前に対象がいない間はちょっと奥へと引っこめる。凶悪な笑顔もいっしょに。

気分転換に物見の窓をあけると、いつしか雪が降り始めていた。

（まあ、寒いと思ったら道理で……）

地面に触れた途端、消えてしまう淡雪は、白い花びらのようだった。紅葉は終わり、色鮮やかな花も少ないこの季節だが、卯《う》の花や百合《ゆり》の代わりに、こうやって雪が咲いてくれている。

（冬の夜の花ってところかしら。こんなにたくさんの花びらが降り注ぐのだもの、天にはずいぶんと大きな花の木があるのね）

深雪が思い浮かべた天の花の木は、夏樹の邸の庭にあった白梅の木に似ていた。あの木が昔から大好きだったのだ。

（あそこの梅の蕾《つぼみ》はそろそろ膨らんでいるかしら。あの枝に雪が積もったら、それはそれはきれいでしょうね）

できることなら、その光景を夏樹と肩寄せ合って眺めていたいのだが――今夜の深雪は、その彼を血祭りにあげるため邸に向かっている。この落差の激しさはいったい、なんなのだろうか。

ほんの数瞬、許してやってもいいかという気になる。雪が降る際の静けさには心の沈静作用もあるのかもしれない。しかし、その殊勝な気持ちも、淡雪と同じようにはかなく消えてしまう。

（やっぱり、許せない！）

八つ当たりに限りなく近い感情だと、本人も心の片隅ではわかっている。だが、ここまで盛りあがったものは、抑えるよりも爆発させたほうが楽しい。

（だったら爆発させちゃおう！）

いつまでも雪を見ていたかったが、感傷的になって怒りに水を差されるのを懸念し、深雪は物見の窓を閉めようとした。が、半分ほど閉めたところで、その手が止まる。逆に窓を全開にし、顔を枠に押しつけて外を見た。

後方の横道から急に出てきた姿に、見おぼえがあったのだ。

「牛車、止めて！」

牛飼い童に鋭く命じてから、深雪は突然、路上に現れた人物に呼びかけた。

「賀茂の権博士さま⁉」

聞こえないかと思ったが、少しの間のあと、彼は立ち止まった。振り返って、こちらを見る。間違いなく賀茂の権博士だ。

白い直衣。白い指貫。淡雪にまぎれてしまいそうな白一色の出《い》で立ちが、権博士の整った容貌に映える。いつもより――素敵に見えるのは気のせいだろうか。

そういえば、鬼やらいも近いというのに、どうしてこんな時間、こんなところにいるのだろうか。陰陽寮は準備に大わらわで、最近は息をつく暇もないと文にも書いてあったのに……。

深雪がいぶかしんでいる間にも、権博士は牛車に近づいてくる。だんだん距離が狭まるにつれ、どうしていつもより素敵だと思ったのかがわかった。以前は感じなかった、ぞくぞくするような色気があるのだ。特に、その闇色の瞳に。

確かに、権博士は色の濃くて深みのある瞳をしていたように思う。まじまじとみつめるような不作法な真似はしたことがないので、やや心もとないが。だが、こんなに暗い色だったろうか。こんな――吸いこまれるような――

見ているだけで動悸《どうき》が速くなる。手も震える。だが、頬は赤くならずに青ざめていく。怖かったのだ。彼が。賀茂の権博士が。

（そんな馬鹿な……）

深雪は檜扇を胸に抱きしめ、動揺を押しこめようとした。

（なんで、権博士さまを怖がらなくちゃいけないのよ。そうよ、この震えは、きっと女御さまのお風病が伝染《うつ》ったのよ。それだけのことよ……）

懸命にそう言い聞かせ、平常心を保とうとする。しかし、もうそのときには、彼の瞳から目をそらせなくなっていた。それはあまりに魅力的で、危険で、力に満ちていた。

権博士の瞳は、そのまま、おとなしくしていることを深雪に要求していた。けして逆らわず、命じるままに身をゆだねることも。

（そうしたら、永遠に続く夢見心地の世界をあげよう）

声に出さない魅惑的なささやきまで聞こえてくるようだった。

（死してなお続く甘い夢を……）

彼の誘いはきっと嘘ではない。言うとおりにしていれば、それはそれは素晴らしいものを与えてくれるだろう。彼以外の者には与えたくても与えられないような、稀有《けう》な感覚を。

なのに、従う気になれない。このままだと身の破滅だぞと、本能が大声で警告しているからだ。

誘惑に負けそうになりながらも、深雪はかろうじて踏みとどまった。そらせなくなった目を、なんとかそらそうとする。だが、身体はなかなか言うことを聞いてくれないし、無理をしようとすれば苦痛すら生じてくる。

権博士の瞳の命じるとおりに身をゆだねてしまえれば、どれほど楽か。たったそれだけで苦痛も消えるし、いままで味わったこともないような愉悦も得られるだろうに。

何度も何度もそう思うが、そのたびにもうひとりの自分が叫ぶ。

(駄目よ、駄目よ。その代償がなんなのか、わからないの?)

わかっている。権博士はちゃんと言った。死してなお、と。

それでも、この罠《わな》はあまりに甘美だ。

深雪が逃げることもできずに牛車の中でじっとしている間、権博士は確実に近づいてきていた。それどころか、牛車にかかっていた御簾を乱暴にはねのけて、車中に侵入しようとする。

驚いた従者と牛飼い童が、不届き者を止めようとした。果敢にも、従者が権博士の袖をつかむ。

「おい、何をする!」

怒鳴り声は頼もしかったが、権博士に睨みつけられた途端、従者は「あっ」と悲鳴をあげて手を放してしまった。そのまま、一目散に逃げていく。あとも見ずに。

ひとりが逃げれば、もうひとりもつられて逃げ出した。牛飼い童までもがいなくなって、あとには牛車と深雪と白い直衣の権博士がとり残された。

それでも、深雪は彼らを、特に従者を恨む気にはなれなかった。権博士に睨みつけられた瞬間の恐怖に歪《ゆが》んだ顔を見ていたからだ。従者はこの白い直衣の男に、尋常でない何かを感じ取ってしまったのだろう。ならば、仕方がない——自分だって、同じ立場ならそうしていただろうから。

邪魔者がいなくなって、権博士は遠慮なく牛車にあがりこんできた。ひとり分の重みが増えたのに、車輪は軋みもしない。やはり、この男は権博士の姿をした別人なのだ。それも鬼や物の怪の類いに違いない。

だが、それがわかったとて、深雪に身を守るすべはない。

相手が生身の人間なら、噛みつくなり、ひっかくなり、いろいろなやりかたで抵抗できる。だが、生身でなかったら？　祝詞《のりと》を唱えれば消えてくれるだろうか？　経を唱えたら慈悲の心を起こして助けてくれるだろうか？

（そもそも、声なんか出せないわよ……）

深雪は目を大きく見開いて、白い直衣の男が迫ってくるのをただひたすら凝視していた。檜扇を唯一の武器のように胸に抱きしめて。

しかし、男は檜扇をはらいのけ、深雪を抱きすくめる。あの権博士にそっくりな相手なのに、ちっとも嬉しくなかった。それどころか、全身に怖気《おぞけ》が走った。似て非なるもの――その意味を、こんなにはっきり感じたことはない。

男は深雪の身体を少し離すと、胸に顔を近づけていった。おぞましさは頂点に達し、深雪は身をよじって逃れようとするが、相手の力のほうが強くてどうしても果たせない。と、突然、釘《くぎ》を打ちこまれたような痛みが走った。左の乳房の上、男が顔を寄せている場所に。

噛みついてきたのだ。信じ難いことに、その鋭い歯で袿を貫き通して。

深雪がやっと出せた声は、かすれた悲鳴にしかならなかった。これでは、誰も聞きつけてはくれない。誰も助けてくれない。誰も――

が、深雪の絶望はいいほうへ裏切られた。牛車の御簾が上がり、誰かが中に飛びこんできたのだ。

「やめるんだ!」

乱入してきた救い主は、男の肩をつかんで強く引っぱった。途端に、胸に食いこんでいた牙が抜け、狭い車中に血の臭いがたちこめる。

自分の血の臭いにくらくらして、深雪は牛車の壁にもたれかかった。胸の傷は熱く脈打っている。そこから血とともに生命力も流れ出ていくようだ。じんじんした痛みは遠くなって、このまま眠ってしまいそうになる。けれども、ここで眠れば、もう二度と目醒めないような不吉な予感もする。

深雪は残り少ない気力をふりしぼって、なんとかまぶたを押しあげた。お気に入りの袿が血で汚れていく。そのくやしさを、なんとか生きていく力へと振り分ける。

「こんなことをしちゃいけないんだ！」

怒鳴っているのは、水干《すいかん》を着た童だった。顔を真っ赤にして、涙をぼろぼろこぼしながら、白い直衣の男にくってかかっている。

男のほうは、じっと童をみつめ返していた。血で汚れたその顔は依然、鬼気迫るものがあったが、瞳の魔力は確実に弱まっている。それに気のせいか、彼は傷ついているようにも見えた。一所懸命に怒鳴りつける少年を、不思議そうに、心外そうに――哀《かな》しそうにみつめているのだ。

次の刹那、男はさっと身を翻し、牛車から飛び出していった。走り去る足音はほとんど聞こえなかったが、男の気配が遠ざかっていくのはしっかりと感じられた。

ホッとしたせいで深雪の気力も尽き、まぶたをあけていられなくなる。車体に背をつけたまま、ずるずると倒れかかると、童が両手で支えてくれた。

「大丈夫ですか？　しっかりして。すぐに手当てをしますから」

本気で案じてくれている声に、少しだけだが元気づけられる。

（大の大人が恐れをなして逃げ出したのに、この子は……）

深雪はもう一度気力をかき集めて、目をあけていられるよう努力した。できれば、命の恩人に「大丈夫よ」と言ってやりたかったが、そこまではさすがにできないし、実際、大丈夫ではない。

「伊勢の君！　しっかり!!」

（どうして、わたしの女房名を知ってるのかしら。御所にこんな子がいたかしら……）

そう考えると、なんとなく見おぼえがあるような気がしてくる。だんだん、その感じが強まる。頭がうまく働かないので思い出せないが、確かに、どこかで見た顔なのだ。

（それとも……この子が誰かに似ているのかしら？）

両方とも正しい。だが、その結論にはまだたどりつけない。それにもう、意識を保っているのも限界だ。

ゆっくりと冷たい闇が忍び寄ってくる。あの男の瞳と同じ色の。退けることはできない。むしろ早くそこに行って、疲れた身体を休ませたい。

まぶたを閉じて、自分から闇へと身を沈める。童の涙まじりの叫びは、遥か彼方《かなた》から聞こえてくるようだ。

「伊勢の君！　頼むから、ぼくのせいで死んだりしないでください!!」

深雪は弱々しく微笑んだ。

（ぼくのせいだなんて変なことを言う子ね。助けてくれたのは、あなたなのに……）

そう思ったのが、彼女の記憶にある最後だった。


彼は、飢えていた。渇いていた。

川のせせらぎを聞きつつ目醒めたときから、そのふたつにずっと身体を支配されていた。

どちらも、ある者への執着に端を発していた。いまの自分は、そのひとのために生きていると言っても、まったく誇張ではない。いや、誇張ではなく、事実そのものだ。

生きるために——あの者の望んでいる存在になるために、彼は飢えと渇きのままに求め、さまよっている。

もうひとつ、『使命』という名の目的も、あるにはあった。

が、どうでもいい者から与えられた『使命』は、大仰な言いかたの割りに、彼の中でもかなり優先度の低い位置に置かれている。

自分の飢えを満たすついでぐらいにしか思っていない。彼は他人の命令ではなく、自分の意思で動いている。

意思の中核をなしているのは、あの者の願いを叶《かな》えてやりたいという願い、ただそれだけだ。

そのためには、自分がどう変わろうと、何人死のうとどうでもいいことだった。

(なのに……)

血の味が濃厚に残る唇から、声にならない疑問がこぼれる。

(どうして、邪魔をした?)

彼には信じられなかった。何もかも、あの者のためにやったことだったのに。もしかして、何かが間違っていたとでもいうのだろうか。

だが、いまさらやめるわけにはいかない。とりあえず、『使命』のほうも果たさなくてはならない。

そちらが片づけば、自分も本来の目的を果たせるだろうし、結局はあの者のためにもなるのだから——

淡雪の降りしきる中、闇ににじむような白い姿が、夜の街を徘徊していった。

彼が目指す先には、平安の王城が静かに横たわっていた。

第四章　鬼やらい

大晦日《おおつごもり》の朝、薄雲がかかった空は却《かえ》って清らかに見え、なおかつ空気は気持ちよいほど澄み渡っていた。

しかし、ここしばらく寝不足気味の夏樹《なつき》には、残念ながら心地好《よ》い目醒《めざ》めというわけにもいかない。桂《かつら》に髪を梳《す》いてもらいながら、彼は大きなあくびを連発させていた。

秋以来、病がちだと思われて職務もいろいろと免除されていたが、年も押し迫るとそういうわけにもいかず、ここのところ帰宅も遅くなりがちだった。

河原院《かわらのいん》の鬼のことも気になってはいるのだが、一条《いちじょう》たちと探りにいった夜から、これといって進展はない。

弘季《ひろすえ》には河原院にいた女の霊を夫が迎えに来た件は話していない。直接、話したところで納得できないかもしれないと、一条に言われたのだ。

「じゃあ、どうするんだ。弘季どのを苦しませたままか」

「そんなことはしない」

にやりと笑って、一条は弘季に夢という形で事実を知らせようと提案してきた。

早くもその翌日、夏樹は弘季自身から、不思議な夢を見たと聞かされた。

場所は河原院。邸内に置き去りにされた衣桁《いこう》に、女の死体が掛かっていた。ところが、そこに縊死《いし》した夫の死霊が現れ、妻を迎えに来たのだ。

その有様を傍観していた弘季に、ふたりは『自分たちはもう何も未練を残していないから、おまえももう心を痛めないでくれ』と告げ、姿を消した。

目が醒めたとき、弘季は恥ずかしながら泣いていたという。彼はこの夢を素直に受け入れ、友人夫婦の菩提《ぼだい》を弔うことでこの件はもう完結させようと決めたらしい。夏樹もそのほうがいいと思った。生者のためにも、死者のためにも。

仇討《かたきう》ちなど生きた人間の自己満足であって、死んでいる人間には何の関係もないのだから。少なくとも、あの夫婦にはもう必要ない。彼らはやっとあの世で心の平安を得たのだ。

もはや追っ手はかからない。誰にも邪魔されない。その状況を生きた上で作ってあげられればよかったのだが、もはや何を言っても始まらない……。

「夏樹さま、髪を梳いているときは頭を動かさないでくださいまし」

桂の厳しい声が、物思いにふけっていた夏樹の耳をぴしゃりと打った。

「今年も今日で終わりなのですから、しゃんとなさってください」

「ふわい、ふわい」

あくびをしながら適当に返事をする。言われなくても、今日一日ぐらいなんとか乗りきってやるつもりだった。が、年が明けてからもいろいろと行事は多い。

（一条にあれこれ訊《き》くのは、行事が一段落ついてからだな）

が、夏樹が思うほど、あとにはならなかった。

髪梳きのあとは爪を切ったりして身だしなみを整え、装束を着替える。これでもう、いつでも出仕できる――そんなとき、表が急に騒がしくなった。

「まあ、なんでしょう。ちょっと、様子を見てまいりますわね。どうせ、たいしたことでもないでしょう、最近の若い家人《けにん》はつまらないことですぐに騒ぎたてますもの」

ぶつぶつ愚痴を言って退出した桂だったが、駆け戻ってくる足音の高さは、さきの騒ぎの比ではなかった。

「夏樹さま！」

つまずきそうになりながら、部屋に飛びこんでくる。顔は真っ青で、心臓がいまにも止まるのではないかと見ているほうがはらはらしてくる。

「どうしたの、桂」

「深雪《みゆき》さまが一昨日《おととい》の夜から行方知れずになられたと……！」

「深雪が？」

夏樹は首をひねり、鏡に向き直った。

「――いそがしさに嫌気がさして、どこかに隠れたんじゃないか?」

一向に驚かない夏樹の頭を、桂が平手ではたいた。冠《かんむり》がずれ、せっかくきれいに結った髷《まげ》も横向きに歪《ゆが》む。

「夏樹さまは、深雪さまのことがご心配ではないのですか?」

「いや、そういうわけじゃないけど、あいつのことだから、自分から姿を消したのでないなら、どこかで羽目をはずしてるうちに寝すごしたのかなと……。むしろ、桂のほうが心配だよ。そんなに興奮して」

「わたくしのことなど、どうでもよろしいんです」

夏樹がいっしょになってあわててくれないのが、桂にはいたく不満らしい。

「夏樹さまも表にいる使いのかたに話を聞いてみてくださいませ」

夏樹は緩く頭を左右に振った。まだ眠たくてしょうがないせいもあり、あの器用で生命力に満ち満ちた深雪が危機に陥るなど、彼には想像ができなかった。

「いいよ。桂から聞くよ。で、なんて言ってるの?」

「こちらの邸《やしき》に行くと申されて、弘徽殿《こきでん》を出られたのが一昨日の夜で、その夜のうちにまた戻られる予定だったとか。それが翌朝になっても戻らず、あちらでは邸でゆっくりしているのかと思われたそうですが、さらに一日経《た》ってしまったので、さすがに不審がられ……。深雪さまを送り出した従者に問い詰めても、何を言っているのかまったく要領を得ないらしくて」

自分で説明しているうちに感情も高ぶってきたらしく、桂はさめざめと涙を流し始めた。

「ああ、深雪さまの身に何かあったら、わたくしはいったい、どうすれば……！」

「何かが起きたと決めつけるのは、まだ早くないかなぁ」

夏樹は言いながら、自分で自分の髪を結い直した。桂はそんな彼を冷たいだの、情が薄いだのとなじる。

「いや、心配はしてるって。だけど、今日はどうしても出仕しなくちゃならないんだし、どうしようも……」

「でしたら、せめてお隣の陰陽師《おんみようじ》のところへ行って、深雪さまの居場所を占わせるぐらいしてくださいませ」

陰陽師を毛嫌いする桂も、深雪がからんでくるとなると、そうは言っていられなくなるらしい。

「いま？」

「そうですとも。もしも、悪い者が深雪さまを連れ去ったのだとしたらどうします。手遅れにならぬうちに、さっさと行ってくださいまし」

頭に血の昇った桂に叩《たた》き出されて、夏樹はしぶしぶ隣家へと向かった。

庭を経由し、いつもどおり築地塀《ついじべい》の崩れた箇所から立ち入らせてもらう。今度は途中であおえに会うこともなく、簀子縁《すのこえん》のすぐ近くまでたどりついた。が、妻戸《つまど》も格子戸もすべて閉まっている。外からうかがった感じでは、ひとがいるようにも見えない。

念のため、声をかけるがやはり返答はない。式神《しきがみ》すらも出てこない。

(考えてみれば、一条だって鬼やらいの手伝いとかしなくちゃならないだろうし、もう御所に行ったのかもしれないな)

だが、帰ってそれを正直に報告したところで、桂は理解してくれるだろうか。あのとり乱しようからすると、一条が留守をしているのも夏樹のせいにされそうだ。

眉間に皺《しわ》を寄せて対応策を考えていると、妻戸が静かに開き、隙間から白い手が差し出された。空気をなでるように手招きするそれは華奢《きゃしゃ》で、女のものかと思われた。

(式神か……?)

が、そこから顔を出したのは一条だった。彼に逢《あ》えて、夏樹はあからさまにホッとする。

「なんだ、いたんだ」

しかし、もう少し遅ければすれ違っていたかもしれない。一条もすぐにも御所へ出るところだったらしく、きちんと正装して垂纓《すいえい》の冠も着用していた。

冬の朝のすがすがしい空気の中、正装した一条は大臣家の御曹司かと間違えるくらい気品に満ちている。見慣れているはずの夏樹でさえ、しばし目を奪われたほどだ。

「で、何か用か？」

一条に言われ、夏樹はハッと我に返った。

「ああ、朝早くすまない、実は……」

夏樹は照れ隠しもあって、深雪が行方知れずになったこと、桂のとり乱しようを早口でしゃべった。

「それで、深雪がいまどこにいるのか占ってほしいんだが。いそがしいのは重々わかっているんだけど……」

「ああ、構わないぞ」

渋い顔をされるかと思いきや、一条はあっさり承諾してくれた。

「ただ、すぐは無理だ。これから御所に行かないといけないし、いろいろやることもある」

「うん、そうだな。じゃあ、桂にはさっそくとりかかるそうだけど、準備に時間がかかるし、結果もすぐには出ないらしいとでも言っとくよ」

一条はにやりと笑った。

「よくわかってきたじゃないか」

「まあな」

　夏樹もにやりと笑い返す。

「それで、対価はどれくらいかかる？」

「そうだな。年末でもあることだし、働いて返してくれればいい。ちょうど手伝わせたい用事があったんだ」

「何をやらせる気だ？」

　働いて返せと聞いて、夏樹は少々不安になった。だが、尋ねても、一条はにやにやと笑うばかりだ。

（詳しく話したら逃げられるとでも思っているのかな？　どんなことをやらせる気だ？）

　ちょっと想像しただけで、夏樹は逃げ腰になった。そんな彼の心の動きを見透かしたように、

「まあ、いいから上がれ。あおえも準備しているところだから、手伝ってやってくれよ」

「あおえが準備……？」

　あおえの馬鹿力が必要になるほど大変な肉体労働ということか。だとしたら、そんな重労働を睡眠不足の自分がこなせるのだろうか。

　不安は増すばかりだったが、桂に泣かれたくなかったら、一条に頼るしか道は残され

ていない。

「わかった。じゃあ、上がらせてもらうぞ」

一条がしてやったりとばかりに微笑《ほほえ》む。その意味は、あおえが奥から姿を現した途端に、夏樹も理解した。

「あら、夏樹さん、いついらっしゃってたんですか？」

夏樹はぐっと息を呑《の》み、次いで悲鳴混じりの声をあげた。

「なんで、お前がそんな恰好《かっこう》してるんだよ!!」


暗闇を埋めつくすように、淡雪が降りしきっている。黒と白、それだけの光景。

深雪は目を大きく見開いて、その光景をみつめ続けていた。闇と雪の美しさに心奪われたのも事実だったが、寒くてたまらないのに足がすくんで動けないせいでもあった。

寒いだけでなく、怖くてたまらない。このままここにひとりで立ちつくしていれば、どんな目に遭うか、彼女には本能的にわかっていた。

（早く逃げないと……が来る……）

いっそ、自分の姿を隠すほど、雪が降り積もってくれればいいのに。

そうなってもちっともおかしくないぐらいに、雪は降り続いている。だが、どれも地に触れる寸前に、はかなく消えてしまった。そして、芯から凍らせるような冷気へと変わる。その冷たさが深雪をこの場に縛り続けている。

どこまでも広がる闇が、一ヶ所、より暗く深くなったように思えた。その途端、左胸にちくりと痛みが走る。深雪は大きく息を吐いて、涙をひとすじ落とした。

彼方《かなた》にあった濃い闇は、形を変えてじわじわと近づいてくる。そちらを見たくないのに、見ずにはいられない。逃げたいのに、寒さと胸の痛みに邪魔されて走れない。

走ったところで、きっと追いつかれる。追いつかれたらどうなるか、恐ろしくて考えたくもない。だが、その運命を拒むことは許されない。

（来る！）

深雪はじっとそれを見ていた。闇が凝《こご》り、ひととしての形を取り出すところを。黒の中から白い装束が現れ、よく知った人物に——賀茂《かも》の権博士《ごんのはかせ》に変わる過程を。

だが、本物の権博士ではない。深雪はあれの正体を正しく知っていた。だからこそ、恐怖もひとしおだった。

（鬼が、来る……！）

助けを呼ぶことも、気を失うことも、権博士の姿を借りた鬼を見ないようにうずくまることもできず、深雪は心の中で叫んだ。叫び続けた。

その刹那、息詰まるような苦しさがふっと軽くなる。いきなり、別の世界に落ちていったかのようだ。

こちらの世界では雪は降らず、闇も遠く、明るくて暖かかった。燈台《とうだい》の火が揺れる、どこかの家の部屋の中だ。調度品が少なく殺風景だが、生活の匂いはちゃんと漂っている。そんな日常的な光景だったからこそ、安堵《あんど》感も大きかった。

あの闇と雪だけの光景は魂を奪われそうなほど美しかったけれど、非日常すぎて足もとがなくなるような不安が拭いきれなかったから。それに、ここには自分だけではなく、付き添ってくれる者がいた。相手はまだ子供だったが、そばにいてくれるだけで深雪は大層心強かった。

その少年は、深雪の顔を心配そうに覗《のぞ》きこんでいた。

「目が醒めました、伊勢《いせ》の君《きみ》？」

微笑み返そうとするが頰の肉が思うように動かず、喉も痛い。深雪は笑みや言葉の代わりに、二、三度瞬《まばた》きをして意思を伝えた。

「よかった……。喉が渇いてるでしょう？　いま、白湯《さゆ》を持ってきますから」

そう言うや、彼は即座に部屋を駆け出し、長くは待たせず戻ってきてくれた。

抱き起こしてもらい、白湯を受け取る。何か入っているらしく、湯気とともに微《かす》かによい香りがする。その香のおかげだろうか、両手で器を持ってひと口飲めば、疲れがすっと身体《からだ》の外へ抜けていく感じがした。

強《こわ》ばっていた頬肉も少し緩む。深雪はいがらっぽい喉を押さえつつ、少年に問いかけた。

「あなた、は？」

声を聞けて安心したのか、少年はいかにも嬉《うれ》しそうに微笑んだ。長いこと、ひとりでさまよっていて、ようやく他人にめぐり逢えたかのように。

「真角《ますみ》です。おぼえていませんか？　賀茂の権博士の弟で、一度、兄の文《ふみ》をお届けに正親町《おおぎまち》のお邸まで参りました」

「あ……！」

少年のことを思い出したのと同時に、悪夢の中に現れた鬼の姿が脳裏に甦《よみがえ》ってきた。両者があまりにも似ていたせいかもしれない。権博士によく似た弟と、権博士の姿を写しとったかのような鬼と――

動揺した深雪が器を落としそうになるのを、真角は素早く手を出して支えてくれた。触れ合った指先は温かい。人肌の温かさだ。

（大丈夫……この子は鬼なんかじゃない……）

安心した途端に上体がふらつく。真角がすかさず片手で抱きとめるが、その顔は真っ赤になっていた。

「もう少し、眠ってください。傷は本当に浅かったけれど、あのあと、かなり熱が出たんですよ」

言われてみれば、まだ熱っぽいような気がする。深雪はおとなしく敷物の上に横になった。が、再び眠るには気になることが多すぎる。

「ここは……？」

「ぼくの邸です。兄は最近ずっと戻ってないし、父も任国に下ってますから、気兼ねなく休んでください」

「でも、あなたのお母さまは？」

「父と母はとっくの昔に別れちゃったんです。だから、ここにはいません」

何気ない口調だが、真角の目にちらりと暗い影がよぎる。まずい質問をしたなと深雪も反省し、その気まずさを相手に気取られまいと、とっさに別の質問へ移る。

「でも、わたし、どれくらい眠っていたの……？」

「一日半ぐらいです。今日はもう大晦日で、さっき陽《ひ》が沈ん……」

それを聞くや、深雪はがばりと身を起こした。

「まずい！」

真角が目を丸くして見ているのを気にも留めず、大袿《おおうちぎ》を蹴とばして立ちあがろうとする。が、さすがにふらりときてしまい、その場にすわりこむ。

「駄目ですよ、伊勢の君。せめて、もう少し眠らないと」

「でも、弘徽殿に戻らなくっちゃいけないのよ。その日の夜までに戻るってことにしたから、特別に宿下がりを許してもらったのに。ああ、もう、なんてこと！」

さっきまでの弱々しい声が嘘《うそ》だったかのように、いつもの大声がぽんぽん出る。白湯の効果というよりも、当人がいつもの調子と生命力を取り戻したがゆえであろう。

真角は面食らうと同時に、深雪のたくましさに感動までしていた。それでも、なんとか彼女を休ませるべく、無駄な努力をしようとする。

「いろんな疲れが重なってるときに鬼気にあてられたんです。熱が出たのも無理はないんですってば。どうしてもとおっしゃるんでしたら、弘徽殿に文を出しますから、ここはおとなしくしてください。怪我《けが》だってなさってるんだし……」

言われて、ふと胸に触れてみると、小袖の下に巻かれた布の堅い感触があった。深雪は冷たい目で真角を睨《にら》みつける。

「これ、もしかして、あなたがやったの？」

「違います！」

真角は耳まで赤くして即答した。

「うちの婢女《はしため》にやらせたんです。ぼくは薬の調合をしただけです。着替えのときだって、ちゃんと席をはずしてました！」

「ふうん、まあいいわ。信じてあげる。ありがとう」

なんだか、昔の夏樹をいじめているようで、すこぶる気分はよかった。多少の熱っぽさも気にならないぐらいだ。

「でも、わたしは帰るわよ。胸の傷だって、もう全然痛くないんですもの」

「傷は浅かったんです。もしも心臓まで傷ついていてたら、助かったりはしませんよ。本当に大変だったのは熱のほうです。そっちはまだ、ひいてないんですから……」

「これくらいの微熱、もう大丈夫よ！」

深雪の主張に、真角も完全に迫力負けしていた。いままで、しとやかな女房の伊勢の君しか知らなかったのだ。驚きもひとしおだろう。

「さっそく、従者と牛飼い童《わらわ》を呼んできてちょうだい。牛車《ぎっしゃ》の用意も」

そう命じている途中で、彼らがあとをも見ずに逃げ出していったのを思い出す。

「あっ……。あいつら、わたしを置いて逃げ出したんだったわ」

あのときは『置き去りにされても仕方ない』とあきらめもついたが、こうして生還すると、『ただでは済まさないわよ』と気も変わる。ひとり残されたときの、あの絶望感。せめて、その十分の一ぐらいは味わわせてやっても罰は当たるまい。

「どんなふうにしたら、あいつらを後悔させてやれるかしらね。やっぱり、最初は『怒ってなんかいないわよ』っていう顔で近づいていって油断させて……」

「そのことですが、伊勢の君」

頭痛がするらしく、こめかみを押さえながら、真角が口を挟んだ。

「従者と牛飼い童は、あの晩のことをおぼえていませんよ」

「なんですって」

「ぼくが術を使って、あの件は忘れさせせました。現場に駆けつける途中で、彼らと出会ったので、その際に術をかけたんです。牛車でしたら、うちの車宿《くるまやど》にあるのを……」

皆まで言わせず、深雪は真角の胸倉をつかんだ。つかまれたほうは、抵抗も忘れて目を白黒させる。

「どうして、わたしから仕返しの楽しみを奪うのよ。むこうがおぼえていないのに意地悪なんかしたら、こっちはただの悪者になっちゃうじゃない」

「仕返しの楽しみに、意地悪……」

「そうよ！　なんの恨みがあって、わたしの楽しみを奪うわけ⁉　納得いくような説明をしないと、あいつらの代わりにあんたに意地悪してやるからね」

この脅し文句が効いたのか、単に逆らってはまずいと悟ったのか、真角は大きなため息とともに約束してくれた。

「わかりました……。何もかも包み隠さずにお話しします。だから、とりあえず、手を放してください」

「本当ね？　逃げたら、報復も倍になるのよ」

ため息混じりに真角が言う。

「ええ、よっく、わかりました」

「わかればいいのよ、わかれば」

とりあえず、手は放したものの、裏切る気配を見せたらすぐにでも殴れるよう、深雪は袖の中で握り拳を準備しておいた。それを知ってか知らずか、真角は観念した体《てい》でぽつりぽつりとしゃべり始めた。

「従者と牛飼い童の記憶を抜いたのは、兄の不利になるようなことを排除したかったからです。彼らはきっと、あの一件を兄の仕業だと思いこんだでしょうから。賀茂の権博士という存在を知らなくても、こういう男に伊勢の君は襲われたって証言して、その結果、兄のせいにされるはずです。あれは、違うのに……」

「そうね、あれは違うわ」

自信たっぷりに深雪が肯定したので、真角はまたまた驚いた。

「わかるんですか？」

「あれが本物ではないってことぐらいわかるわね。あれは鬼よ。ただ単に、権博士さまにそっくりだっていうだけの、ね」

きっぱり言い切る深雪に、真角は感嘆を隠さない。

「伊勢の君って、すごい……」

「もっと褒めてくれてもいいわよ。……じゃなくって話を続けてちょうだい。あなた、あの鬼がどうして権博士さまにそっくりなのか、知っているの？」

「はい、知っています」

覚悟を決めたのか、真角からおどおどした感じが消えた。容貌も凜々《りり》しさが増したように見える。

彼は大きな文箱《ふばこ》を持ってくると、中から木製の人形《ひとがた》を取り出した。彫りは粗いし、顔に墨で描かれた目鼻も上手とは言いがたい。深雪がちらりと見たところによると、中には同じような人形がまだ幾つか入っていた。

「なんなの、それ？」

感覚的には、あまりよろしくない印象をいだく。腕に生じた鳥肌がその証《あか》しだ。深雪がその気持ちを隠さずに、

「なんだか気色悪いわね、それ」

と感想を洩《も》らすと、真角は複雑な表情を作った。勘のよさに驚いただけでなく、正直すぎる言いかたにも驚いたのだろう。

「兄の気持ちがなんとなく、わかってきましたよ」

「そう？」

どうしてまた、人形への感想を言っただけで権博士の気持ちがわかるのか、深雪には

見当もつかなかったが。

　真角は表情を消して人形に向き直り、口の中で何事かをつぶやいて、ふっと息を吹きかけると同時にそれを投げやった。部屋の隅に落ちた人形は、次の瞬間、むくっとその身を起こし、二本の脚で立ちあがる。

「えっ？」

　呆然《ぼうぜん》とする深雪の前を、危なっかしげな足取りで人形が歩いていく。操り糸も何もない。仕かけも見えない。ただの薄っぺらな木片の人形なのに、その動きは生を得たもののようだ。

　人形は真角の膝を這《は》いのぼると、腕を伝って肩に移動し、そこにちょこんとすわりこんだ。真角の耳たぶをつかみ、脚はぶらぶらさせている。動作はかわいらしい割りに、墨描きされた顔は親父《おやじ》くさくて笑える。

「何……これ？」

　深雪が人形を指差すと、真角は困ったように曖昧に笑った。

「式神の一種……と、言ってもいいんでしょうか。ぼくはまだちゃんと修行をしていないんで、この程度のものしか操れないんですけど」

「それだけやれれば立派だと思うけど」

「でも、長持ちしないいんですよ。それに、こういうのはちゃんとした方法で処分しないと」

「処分って？」

「たとえば川に流すとか。でないと、のちのち、どんなふうに歪むかわかりませんからね」

「歪む？」

「ひとの形をしたものには念が入りやすいんです。悪い念が入ったら、なまじ、かりそめの命を持ったものだけに、どんな魔物に変化するのか予想もつきません。そうでなくても、長い時が経つとそれだけで歪みやすくなるんですよ」

真角の肩から、人形がふいに転がり落ちた。床板の上に倒れたそれは、木の人形以外の何物でもない。関節すらないのに、どうしてこれがあんなになめらかに動けたのだろう。

真角は人形を拾いあげると、寂しそうに瞳を曇らせた。

「ぼくみたいな半人前が勝手にこんなことしちゃいけないって、わかってはいるんです。でも、兄は陰陽寮での仕事がいそがしいし、父は近くにいないし、ぼくひとりじゃ、この邸は静かすぎて……。これ、父のつもりです。似せる努力はしたんですよ。あんまり成功してるとは言い難いけど」

「どうりで、親父くさい顔だと思ったわ」

深雪がまたもや素直に感想を述べると、真角はぷっと吹き出した。

「身も蓋もないなぁ……」

しかし、怒ってはいない。それどころか肩の力が抜けて楽になったようで、その分、舌もなめらかになる。

「少し前に、弘徽殿の女御《にょうご》さまが大堰《おおい》の別荘にいらっしゃっていて、お風病《かぜ》を召されたでしょう？　病気平癒の祈禱《きとう》をするよう兄が呼ばれて、ぼくもその手伝いに駆り出されたんですよ。そのときに、いままでたまっていた人形をまとめて大堰川に流したんです。誰にも見られないようにそっと。ぼくはそれで終わったと思っていたんですが、誰かが人形を拾ったか何かしたみたいで……ある夜、そのうちのひとつが戻ってきたんです。兄に似せた人形でしたけど、どういうわけか、ぼくの前に現れたときには、もう人形っぽさなんかどこにも残ってなくて、本物の兄と間違えたぐらいでした。『腕をなくしたからつけてくれ』って言われなかったら、最後まで気がつかなかったかもしれない」

「腕をなくした？」

「誰かに斬り落とされたらしいんです。もとは木ですから、痛くも痒《かゆ》くもなかったようですよ。血も出てなくて、傷の断面が赤茶色になってるぐらいでした」

「それで、腕はつけられたの？」

「半信半疑で木の腕をあげたら、くっついて、その途端に本物の腕になっちゃいましたよ。そいつなんです、伊勢の君を襲ったのは」

真角はきゅっと唇を嚙《か》んだ。澄んだ瞳に、なにやら暗いものが宿る。

「最初は、そいつが来たとき、嬉しかった……。術が成功したと思ったんです。人形が、やっとぼくの望んだとおりの形になってくれたんだって。でも、あれはぼくの力じゃない。別の影響が入ってる。なのに、中途半端にぼくのものでもあるんです。ぼくの願望を知ってて……本物の兄になろうとしている。人間になろうとしている」

「ちょっと、ちょっと待ってよ」

真角の顔色がだんだん悪くなってくるので、深雪はあわてて彼の言葉をさえぎった。

「考えすぎよ。じゃあ、何、あいつは人間になりたくてわたしを襲ったの？ それっておかしいじゃない。胸に嚙みついたぐらいで人間になられちゃ、なんだかむかつくわよ」

「嚙むだけじゃないんですよ」

真角は苦々しげに微笑む。

「血を欲しがるんです。すでに、ひとり、吸い殺したって言ってました。腕の断面が赤茶色だったのは、被害者の血が木の身体に染みこんでいたからなんですよ」

深雪はぞっと身震いした。もう少し、真角の駆けつけるのが遅かったら、自分も確実に吸い殺されていたと知って。

「そうすることが『使命』だなんて、わけのわからないことも言うし、邸を出ていくんであとをつけたら、伊勢の君を襲おうとしてるしで、ぼくはもう何がなんだか……」

まだ子供なだけに、苦痛に満ちた表情がたまらなく痛々しい。こんなに近い距離で、こんな顔をされたら、なんとか助けてやりたいと思わずにはいられないではないか——

深雪は真角の手をつかみ、ぎゅっと握りしめた。驚いて顔を上げる彼を、真っ向から見据え、

「あなたはとんでもない鬼にとり憑《つ》かれちゃったのよね。でも、今日は大晦日よ。古い年の穢《けが》れは水に流してしまう日なの」

「でも、どうやって……」

「決まってるじゃない」

少年の弱気な疑問を、深雪は力いっぱい笑い飛ばしてやった。

「宮中では、賀茂の権博士が鬼やらいをやっているのよ。ついでに、あなたを苦しめるその鬼も祓《はら》ってもらいましょうよ。使える身内はどんどん使わなくっちゃ、もったいないじゃないの」

深雪はここぞとばかりに、力説する。常日頃、本気でそう思っているだけに、説得力は充分すぎるくらいあった。

「でも、兄を巻きこむのは……」

「姿を写し取られた時点で、もう巻きこまれたことになっているわよ。もしかして、自分がやったことを兄上に知られるほうが怖かったりする？」

　真角はうっと息を詰まらせた。

「図星ね。でもね、やってしまったことは仕方ないのよ。大事なのは、ここからどう挽《ばん》回《かい》するかよ」

「でも……」

「いいから、わたしを御所につれていきなさい！」

　逃げ腰になる真角を、深雪は容赦なく怒鳴りつけた。顔色と態度の大きさを比べてみれば、どちらが怪我人なのか、判断を誤りそうなくらいだ。

「ほら、いますぐ牛車を出して。ぐずぐずしてると来年になっちゃうわよ。今年のツケを来年に持ち越す気？　冗談じゃないわよ。そんな情けないことにならないように、いま頑張るのよ！」

　気の毒に、深雪が素の自分を出してしまったら、真角に勝ち目などあるはずもなかった。


　その頃すでに宮中では、大晦日の行事が次々と執り行われていた。中でも重要なのが追儺《ついな》――別名、鬼やらいである。

鬼やらいの主役は方相氏《ほうそうし》と呼ばれる鬼神だ。大舎人《おおどねり》寮《りよう》から背丈の高く体格のよい者が選ばれ、方相氏に扮《ふん》する。四つ目の黄金の仮面をつけ、黒の衣に赤の裳《も》をまとい、右手に矛、左手に盾という厳《いか》めしい出《い》で立ちで、二十人の童をひきつれ宮中を練り歩くのだ。

陰陽師は祭文《さいもん》を読み、群臣は桃の弓で葦《あし》の矢を放ち、方相氏は大声をあげて、目に見えぬ悪鬼を祓う。

「儺《な》やらふ〳〵」

「儺やらふ〳〵」

去る年への感慨と、来る年への期待とが混じり合うこの日、宮中だけではなく普通の家々でも鬼を追う声が響き渡り、冬の夜気に染み透っていく。

「儺やらふ〳〵」

「儺やらふ〳〵」

その声に誘われるかのように淡雪が降り出した。御所の殿舎の瓦屋根に、方相氏の黄金の仮面に、燃え盛る篝火《かがりび》の上に、花びらに似た淡雪が次から次へと降り注ぐ。

しかし、内裏の中でも、弘徽殿だけはひっそりとしていた。大声をあげて、病に臥《ふ》せっている女御の障りになってはいけないという配慮からだ。

その弘徽殿の渡殿《わたどの》を、足音もなく進む人影があった。白一色の装束は、闇の中から染み出てきたかのよう。より白く浮き出た端整な横顔は、賀茂の権博士のものだった。

だが、権博士ならば、南庭でほかの陰陽師たちとともに祭文を読みあげているはず。

夜が澄み渡っているために、その声が微かながらここまで聞こえてきている。

弘徽殿へと侵入した権博士は、真角の作った人形の鬼だった。

彼がここにいるのは『使命』を果たすため。

真角に捨てられ大堰川を流れていたとき、怪しげな僧侶たちの乗った船に拾い上げられて、新たな力を与えられた。その代償として、この『使命』を受けたのだ。

弘徽殿の女御の息の根を止めるようにと――

古い年と新しい年との境界である大晦日こそ、さまざまな霊的な力が高まるときであり、決行日に相応《ふさわ》しいと僧侶たちは教えた。それまではここに身をひそめているようにと、六条《ろくじょう》の河原院へ連れて行ってくれたのだ。

彼も最初は、大晦日までおとなしくそこにいるつもりだった。が、若く美しい女が夫とともに河原院を訪れたとき、ふと彼は思った。

（あの女の血を吸えば、真角の願いに近づける……）

彼にとって本当に大事なのは真角だけ。一度は捨てられた身であるが、どんなに冷たく扱われようと、それだけは変わらない。だから、『使命』よりも、真角の願いを叶《かな》えるほうが優先された。

真角の願いは、人形ではなく本物の兄、本物の父に、孤独を癒してもらうこと。ならば、自分が生きた人間に、本物の兄になって彼のそばにいればその願いは叶ったも同然と、彼は考えたのだ。

そして、女を手にかけ、その血を吸い尽くした。

生き血により新たな力を与えられ、権博士そっくりの姿をまとえるようになっても、しょせんは木片でできた人形。身体は気温より熱くはならず、斬っても血は一滴も出ない。腕をなくしても簡単に繫《つな》げられる。

この身体は便利であっても、完璧ではない。真角が本物の兄だと思いこむぐらいにならなくてはいけないのだ。より完璧になるためには、ひとの温かみを――もっと多くの血を摂取する必要があった。

おそらく、そういう邪《よこしま》な考えを持つように至ったのも、『使命』が少なからず影響しているのだろう。弘徽殿の女御を殺して、その血を吸う。その場面を想像すると、真角のことを思うぐらいに楽しくなるから。

河原院で吸った血は身体に染み透ったが、まだまだ足りない。弘徽殿の女御の血はもちろんのこと、できるならばもっともっと吸いたい。そして、真角の願いに早く近づきたい。

たまたま夜道で出会った女房を襲ったとき、真角に止められたのは驚きだった。それでもなお、自分が人間になって戻ればきっと真角も喜んでくれるはずだと、彼は信じて疑わなかった。

(大晦日の夜を境に新しい年が来るように、自分も今夜から新しい自分になる……)

御所の女房たちは鬼やらいを見にでも行ったのだろうか。途中、誰にも会わずに、彼は弘徽殿の中心へ忍びこむことができた。

部屋の中には御帳台《みちょうだい》という、畳二帖《じょう》の四方に帳《とばり》を垂らした寝台が置かれていた。御帳台の左右に置いてある狛犬《こまいぬ》の像は、ここが女御の休息の場であるという印だ。

普通ならば、不用心すぎると警戒しただろう。だが、権博士の姿をした鬼には、そんな考えはまったく浮かばず、大胆にも帳を押しのけて中に入ろうとする。

その刹那、御帳台の中からきらりと光る刃《やいば》が突き出された。銀色の残像を描き、その刃は鬼の胸の真ん中を深々と貫いた。

鬼の動きが凍りつく。が、彼が後方に大きく飛びのくと、刃はなんの抵抗もなく、するりと肉から抜けてしまった。衣装は破れたものの、血も出なければ痛みもない。その動きになんら影響を及ぼさない。

しかし、彼は少なからぬ衝撃を受けていた。御帳台の中にいるのが女御ではないとわかったからだ。しかし、それならば、いったい誰が——

声に出さない問いに応じるように、御帳台の中から少年が姿を現す。蔵人《くろうど》の青い袍《ほう》を身につけ、抜き身の太刀《たち》を手に持っている。鬼も彼には見おぼえがあった。夫婦者のあとに、河原院にやってきたふたりのうちの片割れだ。

不思議なことに、部屋には反射するような明かりがないにもかかわらず、少年の太刀の刃がちかちかと瞬《また》き始めた。瞬きの間隔が短くなるにつれ、痛みなどなかったはずの胸の傷がじくじくと疼《うず》き出す。太刀と、それによってもたらされた傷が、なぜか呼応しているのだ。

この傷は、そしてあの太刀は、いったいなんなのだ？

生まれて初めて、ひんやりと冷たいものを身の内に感じた。それは恐怖だった。河原院の深い闇にも、鴨川《かもがわ》の暗い流れにも、腕の中の死体にも恐怖など微塵《みじん》もいだかなかったのに。

この感情は圧倒的な力の差に起因していた。少年の腕ではない——そちらも相当なものではあるが——太刀が秘めている力だ。

少年は無言で太刀を構え直した。いまや、太刀は電光そのもののように光り輝いている。その光すら、鬼には苦痛でしかない。なぜ、少年が平気なのか不思議なくらいだ。

思わぬ伏兵に、撤退を余儀なくされる。だが、彼には絶対にここから逃げおおせる自信があった。

どう見えようとも、この身は薄い木片一枚。それを通せるほんのわずかな隙間さえあれば、どこへでも行き来ができるのである。

河原院の密閉された奥の間からもそうやって逃れたし、警護の厳しい後宮へもそうやって侵入してきた。鉄の箱にでも閉じこめない限り、自分を捕らえておくことはできないはず――

と、彼は思いこんでいた。が、それが間違いであることを、すぐさま身をもって知ることになる。隙間はあちらこちらに見えているのに、なぜか部屋から出られないのだ。

「逃げられんぞ」

楽しそうな声が御帳台の中から聞こえる。もうひとり、そこに隠れていたのだ。帳を押しのけて新たに現れたのは、白い装束に身を包んだ少年だった。太刀を持った少年と、年の頃は変わるまい。物語に出てくる貴公子のように美しく、ふたりが並ぶと、おもむきの違う美貌が競い合って一幅の絵のごとく見えた。

だが、鬼は見かけの美しさに惑わされず、その少年の本質を見抜いていた。あれは、光り輝く太刀と同じで、とても恐ろしい存在なのだと。

「おまえが入ってきたと同時に、結界を部屋の周囲に張り巡らした。もう、ここからは逃れられない。おれを殺さない限りはな」

挑発されても、闇雲《やみくも》に向かっていくわけにはいかなかった。少年の連れが光る太刀で狙っているし、その珍しい琥珀色《こはくいろ》の瞳にも油断や慢心はみつからない。逆に、隙あらばと冷静にこちらをうかがっている。

逃げ道がないと言われても、逃げ道を探さずにはいられなかった。必死になった目が、隣の部屋に通じる襖 障子《ふすましょうじ》をみつめる。あそこが比較的、守りが薄い。

鬼は身を翻して、その襖障子に体当たりした。ぴりりと傷に痺《しび》れが走ったが、その程度であの部屋から逃れられて、むしろ驚いていた。

だが、これで希望も生まれる。こちらの部屋からならば逃れられるかもしれない、と。自分はまだ消えるわけにはいかないのだから。せめて、真角の孤独が癒されるまでは……。

素早く見廻《みまわ》した鬼の目に、華麗な紋様を施した几帳《きちょう》が留まった。几帳のむこうには女が身をひそめているらしく、長い髪とさまざまな模様が浮き織りにされた白い表着《うわぎ》の裾、その下の濃い紫の襲《かさね》が端からはみ出している。

白と紫の配色には上品で気高い美しさがある。これほど典雅な衣装を着こなすからには、それなりに位の高い女性が――おそらくは弘徽殿の女御がそこに隠れているに違いない。

鬼は狂喜した。女御を人質にとれば、この窮地を脱するのも充分に可能であろうと。

そう、こんなところで捕まるわけにはいかないのだ。

真角の願いを叶えるまでは。自分が血肉を備えた、完全な人間になるまでは。

鬼は即座に表着の裾を鷲《わし》づかみにし、引き寄せた。几帳がガタンと音をたてて倒れ、女の小さな悲鳴があがる。が、たいした抵抗もなく、彼女はこちらの胸に自ら倒れこんできた。

妙に肩幅のある女だと思ったのもつかの間、白い袖から太い腕がぬっと突き出て、両肩をつかまれた。咄嗟《とっさ》に振りほどこうとしたが、食いこむ指はどうしても離れない。これは絶対に女の握力ではない。

その考えは当たっていた。白と紫の高貴な衣装を身につけ、肩をぐいぐいしめつけているのは、身の丈六尺半はあろうかという、馬の頭をした大男だったのだ。

つかまれた肩に、みしみしとヒビが入っていく。全身にそれが広がっていくのを、自分自身では止められない。

鬼は悲鳴をあげた。彼が口走ったのは、命乞いでも怒りの罵声でもなく、ひとの名前だった。

「……ますみ……！」

逃れられぬと悟って、彼は最期に生みの親の名を叫んだのだ。それが、唯一、彼が発した言葉だった。

バキッと乾いた音がひときわ大きく響いた。次の瞬間、鬼の身体は細かな木片となって、太い指の隙間からぼろぼろとこぼれていった。

木片に混じって、ひとしずくだけ涙が落ち、床板を濡《ぬ》らす。が、それもすぐに揮発してしまい、跡形すら残さなかった。


「でかしたぞ、あおえ」

太刀を鞘《さや》にしまった夏樹が、襖障子を乗り越えて、女装した馬頭鬼《めずき》に駆け寄る。あとに続いた一条は、

「まずまずだったな」

と、辛口の評価を下した。自分の張った結界があればこそと思っているのは訊かなくとも明らかだった。

きっと全員が似たようなことを思っていただろう。一条は自分の張った結界のためと思い、あおえはおのれの怪力が効果をあげたと思い、夏樹は曽祖父ゆずりの太刀があったからこそと思う。

とにかく、あおえはにこにこと上機嫌だった。

「やっぱり、〆《しめ》の役はわたしじゃないと務まりませんね」

鼻息も荒く、そう断言してはばからない。本心はともかく、夏樹はとりあえず、あお

えを褒め称《たた》えた。

「うん、最後なんかすごかったぞ。鬼を一瞬で握り潰してしまったもんな」

「いえいえ、簡単でしたよ。夏樹さんが太刀で傷をつけてくれてたおかげで、ヒビも入りやすかったですし」

「いや、やっぱり、あおえの腕力だよ」

夏樹の賞賛に、あおえは恥ずかしそうに頬を赤らめた。

「でも、わたしの女装も効果的だったでしょ？　こんな素敵な衣装は初めてですから、わたし、嬉しくって……」

すかさず、一条の紙扇が飛んできて、馬づらの真ん中にぶちあたった。勢いがよすぎて、あおえの鬘《かつら》が半分ずり落ちる。

「調子に乗るな、気色悪い」

「あうう」

あおえは袖を嚙んで、大きな瞳を潤ませた。

「泣くな。せっかく、女御さまから借りた装束が汚れる」

「そんな言いかたってあんまりですぅ。せっかく、協力してやったのにぃぃ」

ぎゃあぎゃあ騒いでいると、結界を張ってあって誰もあけられないはずの妻戸が開いた。ハッとして三人同時に振り返る。瞬間、緊張が走るが、すぐにそれも消える。そこにいたのは、本物の賀茂の権博士だった。

床板の上に散らばっている木片を見て、彼は落ち着いた様子でつぶやく。

「済んだようだな」

なんの説明もいらなかった。すでに権博士とも話がついていたのだ。

「そちらも、鬼やらいは終わりましたか？」

「ああ。あとは宴《うたげ》だけだ」

「宴、いいですねえ」

あおえがいかにも加わりたそうにそう言ったが、当然のことながら、誰も誘おうとはしなかった。

「弘徽殿の女御さまには、清涼殿《せいりょうでん》のほうに退避していただいて正解だったな。これでお身体のほうも回復されるだろう。……だから、安心してください、伊勢の君」

賀茂の権博士が振り返った先には、深雪と、彼女に肩を貸す真角が立っていた。

「深雪、おまえ、どこにいたんだよ」

驚く夏樹に、深雪は照れ笑いを浮かべてみせる。

「ちょっと、いろいろあってね。あとでちゃんと説明するわよ」

深雪と真角は六条の賀茂の邸を出たあと、まっすぐに権博士のもとへ向かい、鬼やらいの行事がひと段落ついたところで彼をつかまえ、全ての事情を語ったのであった。

「そっちこそ、どうしてここにいるの？　あおえどのまで……そんな恰好をして」

「似合いますぅ？」

再び、パーンと一条の紙扇が気持ちのよい音をたてる。

真角は目を丸くして、馬頭鬼と一条を交互にみつめていた。あおえとも初対面なら、一条のこんなとっぴな行動を見るのも初めてなのだ。

「式……？」

「いやですよ。式神じゃありませんってば。いろいろあって一条さんとこにお世話になっています、馬頭鬼のあおえと申します。で、そちらは？」

「真角……」

「あれ？　もしかして、あの鬼が最後に名前を呼んだひとですか？」

左右から、一条の扇と夏樹の扇が同時にあおえをぶちのめした。

「いらんことを言うな！」

咎《とが》める声すら、ふたり同時だった。

「ひ、ひどいぃぃ」

ぐすぐすと馬頭鬼は泣くが、真角はもう彼を見ていなかった。その足もとに散る、細かく砕かれた木片を凝視している。紙のように青ざめて。

「むやみに命を作り出してはいけない、父上にそう教えられたな」

と、権博士が弟に静かに言った。真角の身体がかわいそうなくらい震えた。

「とはいえ……構ってやれない罪滅ぼしのつもりで、知っていて見逃したのは事実だ。まさか、おまえが大堰川に捨てた人形が、六字河臨法《ろくじかりんほう》の船に拾われるとは思わなかったからな」

「六字河臨法……」

くり返したのは一条だった。

「なるほど、六字河臨法とまでは気づきませんでしたよ」

「いろいろと調べて、つい今朝がた、ようやくわかった。かなりきつかったぞ。昼は鬼やらいの準備、夜は呪詛《じゅそ》の調査……」

「呪詛ですって？」

弘徽殿に仕える深雪が驚きの声をあげた。

「まさか、女御さまのお風病が長引いたのは……」

「ええ。呪詛の影響でしょうね」

「いったい、どこの誰よ、そんなことしでかしたのは」

「いま調べているところです。もうすぐわかりますよ」

権博士に微笑みかけられ、深雪はハッと我に返って、両手で口を覆った。だが、いまさら誰も驚かないいし、何も言わない。

「その、六字河臨法とは？」

夏樹が説明を求めると、一条は手短に答えてくれた。

「川を遡《さかのぼ》る船の上で行う、密教の修法で、呪詛に効果ありってことになっている。かなり陰陽道《おんみょうどう》の影響の強い修法だな」

「本当に効くのか？」

「多少はね。相手の力の程度にもよるけれど。あのあたりに、よからぬ気が立ちこめていたから、大堰の別荘を早く出るようにと、保憲《やすのり》さまが女御さまに勧めたんだ。本当は、このまま風病だけで終わると思ってたんだが、まさか真角がからんでくるとはね……」

一条がちらりと真角の表情を盗み見る。こんな子供をいじめるなよと言いたくなるほど、冷たい目だった。

「実は、河原院に行ったときに、これを拾ったんだ」

袖の中から一条が取り出したのは、ほんの小さな木のかけらだった。

「もとは、滝口《たきぐち》の武士が斬り落とした鬼の腕だった。こんな木片になっていたら、陰陽師でもなければみつけられないな。しかも、これは賀茂の家の流儀。おかげで、鬼の正体にも見当がついた」

「わたしのほうは、大堰川での呪詛を調べ始めた頃すでに、真角が何かやらかしたことは薄々わかっていた。だから、よその加勢は頼めなかったんだ。下手をすれば、真角が呪詛に荷担したとされかねないからな」

権博士の言葉も厳しい。真角はと見れば、大きな目に涙をいっぱい溜《た》めている。敬愛する兄と敵視していた一条の両方から、おのれの未熟さを指摘されたのだ。無理もあるまい。

「だが、これで懲りたろう。ろくに修行もしないのに、ここまでやれたのは褒めてやりたいぐらいだが、無軌道な力はかえって厄介だ。おまえもそれがよくわかったな？　これからは、きちんと陰陽道の修行に励んで……」

突然、真角が大声で叫んだ。しゃくりあげながら、兄の説教をさえぎるように。

「ぼくは……もう……人形なんか作らない。術も使わない。使いたくない」

言葉とともに、涙がぼろぼろと落ちていく。

「陰陽師になんか、ならない！」

しん……とその場が静まり返った。かなり面倒な発言だとその場の誰もが思ったが、いちばん狼狽《うろた》えて然《しか》るべき権博士はいたって冷静だった。

「そうだな……。いままでのおまえは迷いが多すぎた。ひとつの道に絞って精進するというのなら、それもいいだろう」

などと、あっさり言う。宣言した真角のほうがびっくりしていた。

「いいの……？」

権博士は『兄』の顔になって、ふっと笑った。

「おまえがどの道を選ぶか決めかねていたのは知っている。できれば、こちらの道に来てほしかったが、それもおまえには辛《つら》かろう。その代わり、別の道へ進んでも頂点を目指すつもりでいるんだぞ」

「でも、父上が」

「なに、父上にはわたしからも口添えしておくよ。賀茂の家は兄に任せて、おまえは好きな道に行くといい」

「兄上……」

それに続いた真角の言葉は、泣きすぎているせいでとても聞き取れなかった。

母性を刺激されたらしく、深雪が優しく真角の背をさすってやる。あおえまでもがもらい泣きをして、鼻を激しくすすりあげた。

「いやあ、いい話ですねえ。泣けますねえ。感動的ですねえ。一条さんもジンとくるでしょ？　ねっ、ねっ、ねっ？」

あおえにしつこく同意を求められ、一条のこめかみがひくひくと震える。

「ねえ、一条さ……」

「うるさい！」

一条の紙扇がまたまた、あおえの顔面に炸裂《さくれつ》した。今度はあおえの受けかたがうまかったのか、さほど痛そうでもなく、パコーンと間の抜けた音が大晦日の夜に響き渡った。

同じ頃、すぐ近くの承香殿《しょうきょうでん》では、弘徽殿の女御の競合相手でもある承香殿の女御が遅い夜食をとっていた。

黒漆の台盤《だいばん》には、湯漬けと煮た筍《たけのこ》が載っている。筍のほうは器いっぱいに盛ってあり、どちらが主食で、どちらが副菜か判断に苦しむほどだ。

今年の夏以来、承香殿の女御は筍を毎食口にするようになった。その量も半端ではない。突然増えた筍の消費量に、不審がる者もいないではなかった。が、女御は「美容と健康のため」とそのつど言い切ってきた。

よその女房などは、承香殿の女御を『筍の女御』と陰で呼んでいるらしい。そんなふうに渾名《あだな》されようと、本当は筍が大嫌いであろうと、食べ続けないわけにはいかないのだ。

今宵《こよい》も、承香殿の女御は、鼻をつまんで筍を口に放りこむ。味わってなどいない。おざなりに噛んで、適当なところで飲み下すだけだ。

「ああ、毎度毎度、青竹にそのままかじりついているような気がするわ。唐国《からこく》の大熊猫《おおくまねこ》じゃあるまいし……」

はっきりした目鼻立ちの派手美人だけに、嫌いなものを食べるときの厭《いや》そうな顔もまた魅力的であった。

食事もそろそろ終わり近くになり、シャリシャリと筍を咀嚼《そしやく》する音だけが聞こえていた部屋に、衣《きぬ》ずれの音が近づいてきた。御簾《みす》のむこうから女房が声をかける。

「女御さま、ただいま、右大臣さまがおみえでございますが」

「父上が？」

女御は最後のひと口を飲みこんでから、首を傾《かし》げた。

「まあ、何かしら。いいわ、食事も終わったところだし、こちらへお通しして」

「はい」

女房はいったんさがり、右大臣を伴って戻ってきた。御簾越しに見る父親は疲れているのか、丸顔が少し萎《しぼ》んで、やつれているように見えた。

「どうなさいました、父上？　お顔の色が優れませんが……」

柔らかな声で問いかけると、右大臣は落ち着かなげに肩をもぞもぞ動かした。

「女御さま。失礼ですが、お人ばらいを……」

「ええ、構いませんわよ。少納言、さがっていて」

命じられるままに、女房は台盤を捧《ささ》げ持って退出する。その姿が見えなくなるや、右大臣は御簾をくぐって女御のそばに這い寄った。

「姫や、姫や」

女御に対する大臣の態度ではなく、娘に対する父親の態度に戻っている。それも、悲嘆にくれ、しっかり者の娘に頼ろうとする父親に。

「どうなさいました、父上、そのようにとり乱して……」

再度問う女御に、右大臣は言葉を詰まらせながら、事のあらましを語った。

「実は、とある寺の学僧たちに、弘徽殿の女御を呪詛するよう依頼したのだよ……」

「まあ」

呪詛という恐ろしい言葉を聞いた割りに、承香殿の女御はおびえもしないし、さほど驚きさえしなかった。

「六字河臨法とかいう、とても効きそうな修法を大堰川で行ってくれたのだよ。なんでも、そのとき、おあつらえ向きに人形が川を流れてきたんだそうだ。どこぞの陰陽師が不要になって捨てた人形らしくてな、これはいいと学僧たちが藁《わら》人形の代わりに用いたところ、それが白い直衣《のうし》姿の鬼に変じたというんだよ。事を起こすには大晦日がいちばんいいということになって、時が来るまでそれを六条の河原院に隠しておいたのだが、ある日、突然いなくなってしまって……」

右大臣は、その白い直衣の鬼が賀茂の権博士そっくりだったとまでは知らない。学僧たちは権博士の顔を知らなかったので、報告のしようもなかったのである。

「それでも、大晦日の晩に、きっとあの鬼は弘徽殿の女御を責め殺すだろうと言われたから、今日まで待っていたのだ。確かに、大堰でひいた女御の風病は長引いているし、これはいい兆候よと思うていたが、その後、呪詛が成功したという知らせもない。しかも、さきほど、弘徽殿から賀茂の権博士だの、陰陽寮《おんみょうりょう》の学生《がくしょう》だのが出てくるのを見てしまったのだ……」

右大臣は愛嬌《あいきょう》のある顔を脂汗でぐっしょり濡らしていた。

「権博士に呪詛がばれたのではなかろうか。やつは弘徽殿寄りの人間だし、以前にわしらが手を染めた呪詛にも気づいているはず。今度こそ見逃すまい。姫や、わしはどうすればよいのだろうか」

国の重鎮である右大臣が、娘に真剣に泣きついてくる。しかし、女御はあわてず騒がず、脇息《きょうそく》にもたれかかって、大袈裟《おおげさ》にため息をついた。

「また、呪詛ですか」

うんざりした口調も、あきれ果てている表情も彼女は隠さない。

「父上も懲りませんのね。効きもしない呪詛などやらせるより、わたくしの懐妊祈願の祈禱でも賀茂の権博士にやらせてくださいまし」

「しかし、弘徽殿に先に皇子《みこ》を生まれては……」

「わたくしが先にお生みします！」

「しかし、今宵も弘徽殿は帝《みかど》のもとへ……」

言いかけて、右大臣はハッと口をつぐんだ。燈台の火に照らされた娘の顔が、鬼よりも怖く見えたのだ。

が、それも一瞬のこと。承香殿の女御は大輪の花のごとく、あでやかに笑う。さっきのあの顔は、夜の光が作った幻影だったかのように。

「父上はお悩みすぎますわ。六字河臨法だなんて、そんな怪しい術を使う者どもは、事が明らかになる前に、処分してしまわれればよろしいではありませんか」

「しょ、処分とは？」

女御がずいっとにじり寄る。

「よろしいですか？　そんな生臭坊主《なまぐさ》を生かしておいては、世のため、ひとのためになりません。それにひきかえ、父上は政治《まつりごと》の御柱《みはしら》……。どちらがより大切かは赤子にもわかることでしょう？」

「それは……」

「取るに足らぬ者にまでお心を配られる、そのお優しさは本当に尊いと思いますわ。ですが、ときには非情になるも必要ですわよ。それに、僧侶の身でありながら呪詛を請け負うような輩《やから》には、きっと仏罰があたりますわ。そうですわね、この季節ですから、火の不始末か何かで、その者たちの寺が焼け落ちてしまったりするのではないかしら……」

娘のとんでもない提案に、右大臣はおびえるどころか、はらはらと涙を落とした。膝を叩き、

「おお、さすがはわが姫。おまえは昔から賢かった」

承香殿の女御は、檜扇《ひおうぎ》の陰で鷹揚《おうよう》に微笑む。

「当然ですわ」

顔の造りはともかく、自分たちに都合のよいように事を運ぶ点で、彼らは非常によく似た父娘《おやこ》だった。

年が明けて数日後の早朝、薄く積もった雪を踏みしめて、深雪が夏樹の邸を訪れた。胸の傷も、体調もすっかりよくなって。

「新年おめでとう！」

新年の挨拶とともにいとこの寝所へ乱入するが、夏樹は爆睡中だった。年末から年初めにかけての数々の行事に忙殺されて、疲れきっていたのだ。

しかし、深雪は容赦しない。

「あらやだ、まだ寝てたの？　ねえ、起きてよ。庭の雪をいっしょに眺めましょうよ」

声をかけても反応がないので、全体重をかけて腹を踏んでやる。

「うげっ」

潰れたカエルのような奇声をあげて、ようやく夏樹は目を醒ました。

「おまえなぁ……。狼《おおかみ》はどんなに激しい喧嘩《けんか》をしていても、急所の腹を見せられたら、もう攻撃しないって話を知らないのか……？」

「何をぶつぶつ言ってるのよ。新年おめでとう、夏樹。雪がきれいに積もっているわよ。ねえ、いっしょに庭を見ましょうよ」

夏樹は霞《かすみ》のかかった目で、ぼうっと深雪を見上げていたが、再びもぞもぞと夜具の中にもぐりこんだ。

「なんでまた、そんなことしなくちゃなんないんだよ……」

「だって、きれいなんだもの」

深雪は力ずくで夜具を取り上げようとする。そうはさせるかと、夏樹も端をしっかり握って抵抗する。が、深雪のほうが上手だった。夏樹のむこう脛《ずね》を踏みつけ、彼がひるんだ隙を狙って褥《しとね》から蹴り出してくれたのだ。

「ほらほら、早く。急がないと雪が朝日に溶けちゃうわ」

こうまでされたら起きないわけにもいかない。強情を張って眠り続けていたら、深雪に永眠させられかねない。

睡眠はいとこがいなくなってから、とり直せばいい。そう自分に言い聞かせ、夏樹は狩衣《かりぎぬ》に着替えて、庭に面した簀子縁へと出た。

簀子縁では、深雪がすでにいちばん陽当たりのいい場所を占領していた。

彼女の今日の衣装は、白と紅の濃き薄きを重ねた梅襲《うめがさね》だった。白一色の光景に映えて、お世辞抜きに美しいと思う。あんないとこがいていいなと同僚たちがうらやましがる気持ちがちょっぴりわかる。そんなことは、口が裂けても深雪に教えてやるつもりはないが。

「ほら、梅の枝に雪がかかる風情が素敵じゃない？　蕾《つぼみ》ももうすぐほころびそうね。花が咲いた頃にまた雪が降るといいのに。でも、あんまり寒いと鶯《うぐいす》が来なくなるかしら？」

それはやっぱり寂しいわ」

「なんだ、梅が咲いたらまた来る気か？」

「当然よ」

打てば響くように返事が戻ってくる。妙にご機嫌だ。

昔から、大雪だの嵐だの雷だのが大好きという、貴族の娘にあるまじき嗜好《しこう》の持ち主だった。が、このはしゃぎぶりからすると、雪のせいだけとは思えない。

（これは何かあるな……）

だが、聞くのが怖い。夏樹はあえて、気づかないふりをした。

「おまえの邸は別にあるじゃないか。ここにばっかり来ずに、たまにはそっちに行けよ」

「だって、あっちには桂もいないし、こんな素晴らしい梅の木もないし、いじめる相手もいないんですもの。行ったって退屈なだけで、意味なんかないわ」

檜扇を開いたり閉じたりして、とんでもないことを言ってくれる。夏樹は脱力して、立てた膝の上に頭を伏せた。が、すぐさま乱暴に肩を揺さぶられてしまう。

「ちょっと、こんなところで寝ないでよ。まったく、ところ構わず眠っちゃうんだから。こないだも洛西《らくせい》のお寺が焼けちゃって、学僧が何人も死んじゃったのよ。火桶《ひおけ》の不始末だったんですって。夏樹もそういうボケたところがあるから、本当に心配だわ」

「はいはい、気をつけますよ」

深雪も夏樹も、まさかそれが弘徽殿の女御の呪詛を行った者たちだとは知らない。学僧たちの死により、賀茂の権博士の調査が頓挫してしまったことも。

「そうだ、弘徽殿の女御さまの具合はあれからどんな感じ？」

「お風病なら、すっかり治られたわ。あの大晦日の晩のこと、権博士さまはちょっと改変して女御さまにお話ししたみたいね。あおえどのや真角のことは言わずに、夏樹と一条どのと権博士さまが病魔を祓ったってことになっているわ」

何を思い出したのか、急にふふっと笑う。

「女御さまからお借りした衣装も、一条どのが着て疫鬼をおびき寄せるのに使ったたって思ってらっしゃるみたい。あおえどののあの姿、お見せしてやりたくなったわ」

「ぼくはもう見たくない……」

実は馬づらの大男が着たなどと弘徽殿の女御が知ったら、もう二度とあの装束を着なくなるかもしれない。一条が着たと思いこんでいたほうが、想像するのもきれいだし、楽しかろう。

「その誤解、下手に解こうとか思うなよ。真角のことはもちろんだけど、あおえのことだってあんまり知られないほうがいいんだから」

「あら、女御さまは動物がお好きだから、大丈夫だと思うんだけど」

「……犬猫と馬頭鬼を同じように考えないほうがいいんじゃないか？」

誰もがおまえほど肝が太いわけじゃないんだし、とは口にせず、胸の中でつぶやくだけにする。

「それでね。今日は梅を見に来ただけじゃないのよ。実は相談があって……」

深雪は急にしおらしく、檜扇で顔を隠し始めた。彼女がこんな素振りをしだすと危険なことぐらい、夏樹はよくわかっている。いよいよ本題に入るつもりなのだ。

「えっと、桂に何か食べ物持ってこさせようか」

さりげなく立とうとしたが、檜扇でまたピシャリとむこう脛を叩かれてしまう。

「うっ」

「あら、ごめんなさい。手がすべってしまったわ」

絶対、わざとに決まっているが、責めたところで深雪はけして認めようとしないだろう。

ちょうどそのとき、乳母の桂がふたりに近づいてきた。

「あの……、よろしいですか？」

「あ、桂、この間はごめんなさいね。友達の邸に寄ったら、ついうっかり話しこんだ上に寝すごしてしまって」

そのあたりは、ちゃんと口裏を合わせておいた。真実を知っているのは、大晦日の晩、鬼に遭遇した者を除くと、弘徽殿の女御ぐらいである。

「ええ、それは夏樹さまにうかがいました」

桂は大仰にため息をつく。死ぬほど心配させた深雪をなじりたいのだろうが、こんなふうにあっけらかんと出られてはそうもいくまい。

「そんなことよりも、深雪さまにまたお文が届いておりますのよ」

「この間と同じ童が持ってきたのかい？」

真角が来ているのなら、部屋に上げようと思って夏樹が尋ねる。

「いえ、どこかの家人のようですけど、それが二通もあるんです」

不審そうに首を傾げながら、桂が文を差し出す。ひとつは美しい漆の箱に収めた古風な文、もうひとつは紅梅の枝に結びつけた薄様《うすよう》の文だった。

「あら、どうしましょう。どちらから読んだらいいのかしら？」

深雪には両方ともに心当たりがあるらしい。右手に紅梅の枝を、左手に文箱を受け取って、交互に嬉しそうに眺めている。

「お返事はどうされます？」

「二通いっぺんに渡すのはちょっと品がないから、とりあえず帰ってもらって。あとでゆっくり書くわ」

「では、使いのかたにそう伝えておきますわね」

何か言いたそうに振り返りつつ、桂は退出する。きっとあとで乳母に問い詰められるのは自分なんだろうなと思うと、夏樹は少し憂鬱になった。

深雪とふたりきりになってから、夏樹はおもむろに口を開いた。

「まさか、相談ってこのことか？」

「そう、このことよ」

「相手は誰だ？　一通は権博士だとして、もう一通は、もしや……」

訊きたくもないが訊かないわけにもいかず、恐る恐る尋ねる。

「こっちが権博士さま」

深雪はぐっと文箱のほうを突き出す。

「そして、こっちが」

紅梅の枝を高く掲げ、誇らしげに胸を張る。声も、とびっきり明るい。

「弟の真角から。ああ、兄と弟に同時に求愛されるなんて、いにしえの額田 王《ぬかたのおおきみ》みたいだわね」

予感していた通りとはいえ、夏樹は絶句してしまった。ようやく声を絞り出せたのは、かなり長いこと経ってからだった。その間、深雪は目をきらきらさせて、こちらの反応を観察していたのだが——鈍い夏樹はそうとは気づかない。

「おいおい、権博士はともかく、真角のほうはまだ元服前の子供じゃないか」

「あら、十二、三で元服することだってあるじゃない。そしたらもう、大人よ。それに、女が年上だったほうがうまくいくって、よく聞くわよ」

「だが、まだ元服してない」

「そんなに先のことじゃないと思うわ。大学寮に入って漢学者になりたいって、この間の文にも書いてあったし、今年ぐらい元服してもおかしくないわ」

「あ、なんだ。そういうことが書いてあるってことは、色っぽい文じゃないんだな？」

夏樹はちょっと安心して追及の手を休めようとしたが、深雪の意味深な笑みにまた不安になってきた。そんな心の動きを、小憎らしいことに彼女はほぼ正確に読み取る。勘の鋭さは陰陽師並みである。

「あら、心配？　べつに、それだけってわけじゃないのよ。歌なんかも書いてあったりするわ。まだたどたどしいんだけど、そんな初心《うぶ》なところが新鮮よねえ」

「ちょっと見せてみろよ」

「いやよ」

文にのばしかけた夏樹の手を、深雪が力いっぱい檜扇で打つ。大きな音が響き渡って、彼の手の甲は真っ赤になった。

「おまえ、この文のこと、相談に来たんだろうが」

「中なんか見なくったって、相談には乗れるでしょ」

「むちゃくちゃ言うなよ」

むくれる夏樹の顔を、深雪は至近距離からじっと覗きこんだ。

「な、なんだよ」

あんまり近くにいとこが来るので、夏樹はついあとずさる。

「ううん。本気でわたしのこと心配してくれてるのかしらって思って」

「そりゃあ、まあ……変なやつにひっかかったりしたら、いくらおまえでもかわいそうだものな」

夏樹の返事が不満だったらしく、深雪はふんと鼻を鳴らして肩をすくめた。

「まあ、第一の段階はこんなもんでしょ……」

「なんの段階？」

「なんでもないわよ」

「教えろよ」

「い、や、よ」

夏樹が問い返しても、深雪は突っぱねるばかりで答えようとしない。

梅の花が開いて馥郁《ふくいく》たる香りを放つ春は、もうすぐそこに来ている。雪の風景の中にもその気配は漂っていた。

しかし、深雪の望むように、好きな相手と肩を並べて梅の花を眺めるような春になるかどうかは、誰にもわからないことだった。

来訪者

かたかたと戸が夜風に揺れている。

普段ならばこの程度のこと、真角《ますみ》も別段、気には留めない。まだ八歳の童《わらわ》だが、特に怖いとも思わない。父の賀茂忠行《かものただゆき》も、兄の保憲《やすのり》も朝廷陰陽師《おんみようじ》として多忙な身の上、家を留守にすることはしょっちゅうだ。広い邸《やしき》に少ない人数で取り残されるのも、昔からなのでもう慣れっこだった。

昼間は家で働いている家人《けにん》たちも、夜ともなれば、それぞれの家に帰っていく。通いの者がほとんどなのは、ここが陰陽師の邸で、夜になると見るもおぞましい式神《しきがみ》たちがわらわらと現れるという噂《うわさ》を彼らが鵜《う》呑《の》みにしているからだった。

さすがにそれでは不用心すぎると考えたのか、最近、父の忠行は若い従者を雇って邸に住まわせることにした。まだ元服前の少年で、呼び名は一条《いちじよう》といった。

「よろしくお願いいたします」

年下の真角に対して丁寧に頭を下げた彼は、珍しい琥珀色《こはくいろ》の瞳、自然に色づいた唇、少女かと見紛《みまが》うほどの玲瓏《れいろう》な顔立ちをしていた。だからというわけでもないが、最初の顔合わせのときから、真角はどことなく一条に距離を感じていた。

そんな息子の気も知らず、

「今年で十二歳だそうだ。真角とは四つ違いだな。保憲よりも年が近い分、何かと話もしやすかろう」

と、忠行は気安く言ってくれた。

そうしたところ、来て早々にこの一条が予想外の才能を発揮した。忠行が一条に供をさせて夜道を牛車《ぎっしゃ》で帰宅した際のことだ。

昼間の仕事の疲れで、忠行は車中で眠ってしまい、おそろしい百鬼《ひやっき》夜行《やぎょう》が接近してくるのに気づかなかった。なのに、ただの従者として同行させていた一条が、いち早く危険を察知し警告してくれたため、難を逃れられたのだ。

「もう少し遅かったら、身を隠す間もなく百鬼夜行と鉢合わせしてしまい、わしもきっとただでは済まなかっただろう。いやはや、あれには驚いた」

忠行はその話をするとき、必ずといっていいほど、長男の話も持ち出した。幼い時分の保憲も、まだ陰陽道《おんみょうどう》の修行を始める前に父親の祓《はら》いの場に同席し、そこで鬼神の姿を目撃したというのだ。

「わしもこの道においてそれなりに名を成したが、幼い頃には鬼神を見ることも叶《かな》わなかった。修行を重ねて、やっと見えるようになったというのに、わが息子はこれほど幼くしてすでに鬼神を見る才がある。将来、きっと優秀な陰陽師になるであろうと深く感嘆したものだったよ」

保憲自身は父の息子自慢に対し、落ち着いた体《てい》で、

「そういうこともありましたか。昔のことで、あまりよくはおぼえておりませんが」

と受け流すのが常だった。

真角は、兄のその逸話が好きだった。聞くたびに、さすが兄上、と内心、どきどきしたものだ。

星の動きから吉凶を読み、式神と呼ばれる鬼神を操り、悪《あ》しき魔を退ける陰陽師。

賀茂氏はいにしえの書物にもその名が見られる由緒ある氏族で、平安時代の中期には朝廷の陰陽師を束ねる陰陽宗家となっていた。もともと賀茂一族には神威に携わる技能が備わっていたらしく、先祖には修験道の祖とされる役 行者《えんのぎょうじゃ》こと役小角《おづの》が名を連ねている。

真角という名は、その役小角から一字もらったのだと父から聞かされ、自身も誇らしく思っていた。いずれは兄のように陰陽師として名を馳《は》せ、父の手伝いをしたいと胸膨らませていたのに——

一条が現れてからというもの、真角の心には微妙な変化が生じ始めていた。あれほど好きだった『幼くして鬼の存在に気づいた者の話』が、聞くのも苦痛になってきたのだ。それが兄の話にしろ、一条の話にしろ。

真角自身にまだその経験がなかったのが大きかったのかもしれない。保憲が祓いの場

で鬼を見たのが十歳のときらしいので、まだあせる必要はないと悠長に構えていたのだが……。

兄の逸話とよく似たそれを持つ赤の他人の一条は、見所ありと判定され、父も兄もすでに彼を弟子として扱っている。優れた師弟を得るのは賀茂家にとっても喜ばしいことだが、真角には面白くなかった。

年が近い分、話しやすいなど、とんでもない。何をどう話していいか、真角にはさっぱりわからない。

そんな苦手意識は相手にも伝わったのだろう。年下の真角に一条はむしろ気を遣い、丁寧に接してくれていたが、真角にはそれすらも本心を隠した胡散《うさん》くさい振る舞いに思えてならなかった。父上や兄上の手前、猫をかぶっているに違いないと、なんの根拠もなく決めつけたのだ。

家人たちの中にも、「あの琥珀色の目がなんとなく不気味だ」だの、「母親が実は狐《きつね》だったらしいぞ」と陰でこそこそと言い合い、一条を忌避する者は少なくなかった。真角もそんないいかげんな話を鵜呑みにはしなかったが、火のないところに煙は立たない、やっぱりやつが胡散くさいから、そんな話が出てくるのだとは思っていた。

そういうわけで、同じ邸で暮らしてもう数か月は経《た》ったというのに、両者の間の距離は狭まろうともしなかった。なのに、今宵《こよい》も父や兄はおらず、真角は一条とほぼふたりきりで留守居をしている。しかも、その一条が熱を出して寝込んでしまった。

昼間は家人の誰かが病人の面倒を看《み》ていたが、夜ともなれば看護役は当然、真角へと降ってきた。

「どうして、自分がこんなことを……」

ぶつぶつと不平をこぼしつつ、真角は一条が臥《ふ》している部屋へと薬湯を運んだ。

かたかた、かたかたと、さっきから戸が揺れ続けている。外は相当、風が強いらしい。

うるさいなぁと眉をひそめて真角は廂《ひさし》を通り、一条の部屋へと足を踏み入れた。一条は高燈台《たかとうだい》のすぐ近くで、夜具にくるまり横たわっている。

「おい、大事ないか」

いちおう声をかけたが返事はない。真角は枕もとに薬湯を置き、

「薬湯だ。ちゃんと飲んでおけよ」

そう言い残し、早々に部屋を出ようとした。

「風病《かぜ》くらいで寝込むとは情けない」

思わず本音がこぼれた。真角はあわてて手で口を覆い振り返ったが、一条を包んだ夜具はぴくりとも動かない。眠っていて、いまのは聞かれなかったのだなと悟り、真角はホッとした。

かたかた、かたかた、かたかたかたかた――と、戸は依然、揺れ続けている。

「これだけうるさいのに、よく眠れる。よっぽど鈍いんだな」

どうせ相手には聞こえていない。そう油断して、真角が毒づいたそのとき。

ごりっと厭《いや》な音を立てて戸が動き、わずかながら柱との間に隙間が開いた。

隙間から侵入してきたのは、ごつごつとした太い指だった。皮膚は真っ赤で、黒い剛毛がまばらに生えている。しかも爪が異様に長く、まるで猛禽《もうきん》のそれのように鋭く尖《とが》っている。

うっと息を呑《の》み、真角は後方にあとずさった。間髪を入れず、ごつごつした手によって戸が強引に引きあけられる。外の暗闇から、ぬっと顔を突き出したのは、鬼としか言いようのない異形だった。

こめかみの近くに角が生え、分厚い唇の端からは牙が覗《のぞ》いている。指だけでなく全身が赤い。背丈は並みでも、粗末な腰布だけをまとったその肉体は、筋肉が隆々と盛りあがっている。

真角はその場に固まってしまった。これほど鬼らしい鬼は、絵巻の中でしかお目にかかったことがない。早く本物の鬼神を見てみたいと願ってはいたが、こんな状況は望んでいなかった。

鬼は真角と視線を合わせると、ニィッといやらしく笑った。開いた口の端からは、よだれが滴っている。

真角の背中をぞくぞくと悪寒が走った。このままだと襲われる、逃げなくては。頭ではそう思うのに、震える足は言うことを聞いてくれない。悲鳴すら出てこない。

こんなとき、父ならどうするか。兄ならどうするか。考えようとしても、頭の中は真っ白だ。

（父上！　兄上！）

肉親に助けを求めても、喉から出ない声がここにいない彼らに届くはずもない。

——だったのだが、すぐ近くにいた赤の他人が代わりに応えてくれた。

「失《う》せろ」

冷たい声が聞こえたと同時に、猛烈な風圧が真角のすぐ横を通り抜けた。

激しい風が戸にぶち当たった。鬼はぎゃあと悲鳴をあげ、戸もろともに外の簀子縁《すのこえん》へ吹き飛ばされた。勾欄《こうらん》（手すり）に背中をぶつけ、鬼は再びぎゃあと悲鳴をあげ、庭に落ちて、また悲鳴をあげる。

たった一撃で三度も身体《からだ》を打ち、鬼もさぞや面食らったのだろう。戸をはねのけて起きあがるや、後ろも見ずに逃げ出していく。毒々しいほどに赤い姿は、たちまち夜陰にまぎれていった。

助かったのだ。その実感に打ち震えながら、真角は後ろを振り返った。

単衣《ひとえ》姿の一条が、片膝をついて臥所《ふしど》から身を起こし、大儀そうに肩で息をしていた。

「病魔め、こっちの弱みにつけこもうとしたか……」

いまいましそうに小声でつぶやいている。普段は結びまとめている髪がそのまま背中に流れ落ちている上に、病みやつれている分、妙になまめかしい。ものの言いかたもいつもと違い、その落差に驚いたせいか、真角も出せなかった声が出るようになった。

「おまえ、鬼を退散させる術なんて、いつの間に……！」

一条はうるさそうに頭をひと振りして言った。

「この間、見た。保憲さまがやっているところを」

「見ただけで？」

「寝る。頭が痛い」

一条はいかにも不機嫌そうに顔をしかめた。

ぶっきらぼうに言い捨てて、夜具に再びくるまる。本当に体調が悪く、師匠の息子に気を遣う余裕もないらしい。つまり、

「おまえ、それが本性か。普段は猫をかぶっていたな！」

「知らん。うるさい」

子供扱いされていると思い、真角はくやしさに唇を噛《か》んだ。本当に子供なのだから怒るには値しないかもしれないが、彼にとっては許しがたいことだった。

真角は恐怖ではなく怒りに震えながら拳を握りしめた。思い切り殴りつけてやりたか

ったが、さすがに病人相手に暴力をふるうのはためらわれた。それに、鬼から助けてもらったのも動かしがたい事実だ。

真角はうーうーとうなりつつ、どうにか拳を脇に下ろした。

「薬湯、ちゃんと飲めよ！」

大声で怒鳴り、真角は足音をわざと乱暴に響かせ、その場から走り去っていく。

——しばらくは一条も動かなかった。やがて、薬湯の入った器に、そろそろと手をのばしていく。寝たままで、薬湯をひと口すすり、

「にがっ」

げんなりした顔をして、もうひと口、すすった。

「まずっ」

いちいち文句をつけながら、一条はずるずると行儀悪く薬湯をすすっていく。ほどなく器はカラになった。

その分ならば、病が癒えるのもきっと遠くはなさそうだった。

あとがき

以前はですます調であとがきを書いていたけれども、それはそれでいろいろと気になり。ならばと、ですます調をやめてみると、ばったもんハードボイルドじみた雰囲気になり。どうしたもんじゃろかと、永遠に迷い続ける瀬川貴次です（試験中）。

この『暗夜鬼譚《あんやきたん》』は二十年以上前に書いたもので。基本、ストーリー展開は変えずに表現等を手直しし、そして新規のかた、再読のかたを含め読者の皆さまに少しでも喜んでもらえたらいいなぁと念じつつ、ささやかなオマケ短編を付けております。

うっかり作品の言い訳とかしたくなりますが、そこは最小限に。うん……、前作の蟇《ひき》仙《せん》の正体はわかりにくいだろうけれど、ヒントはあるから以前のままでもいいか、とか。いやでも、あのヒントもまぎらわしいっちゃーまぎらわしい。あれだと、混ぜたくない他とも混ざっていると誤解されかねない。ああ、でも、あの現象を表す用語は平安時代にはないから使いたくない。なかったんだけど、地の文でもズバッと出したほうがよかったかなぁ——と、いつまで経《た》っても悩みは尽きませぬ。

そんな悩める物書きには、緑に囲まれた別荘へと誘ってくれる友人がおりまして。ありがたいことに、ときどき気分転換をさせてもらっています。

都会の喧噪《けんそう》を離れ、鳥たちの声に心癒し、朝はちょっとお寝坊をして、広い庭に面したウッドデッキでブランチ。白いテーブルの上には、グリーンサラダを添えたベーコンエッグ、バゲットとオレンジジュース、カフェオレを並べて。

さあ、いただきましょうとフォークを握ったところへ、来たんですわ。アシナガバチが一匹。ジャムの瓶やオレンジジュースにまとわりついて、ぶんぶんぶんぶん。

あわててジャムの瓶を冷蔵庫に戻し、オレンジジュースは腰に手を当てて一気飲み。ところが、アシナガバチめは今度はベーコンエッグに興味を示してきました。

「あんた、どこ歩いた脚でヒトの目玉焼きの上に乗っとるんじゃ！」

と、心の中で悲鳴をあげたけれども、そこはもう考えないようにして、とりあえず観察。きゃつめはベーコンエッグをさんざん検分してから、ミリ単位以下の小さな小さな白い欠片《かけら》を齧《かじ》り取って飛び立ちました。

「がーっ、目玉焼きの白身さらっていきおった！」

あれは巣で待つ幼虫たちの餌用ですかね。スズメバチやアシナガバチはイモムシなどを襲い、その肉片を団子にして巣に持ち帰るのですよ。ちょうど寒くなってきた頃で、イモムシがみつからず、タンパク質を求めてブランチの場に乱入してきたのでありましょう。

これでひと安心と思っていたら、またやってくるし。蚊取り線香を焚《た》いても効果がない。益虫だから殺してくれるなと友人は言うし。仕方なく屋内に撤退——かと思いきや、友人はウッドデッキでの優雅なブランチタイムを捨てきれず、

「酢の酸味を厭《いや》がるはずだからドレッシングをかけるのよ〜」

ホ、ホントか？　と疑いながら、サラダにかけていたフレンチドレッシングをベーコンエッグにも塗り塗り。これが効果覿面《こうかてきめん》で、アシナガバチは皿の上を徘徊《はいかい》しまくるも

「何かが違う……」と悩む様子で、来てはすぐに去るをくり返し、やがて訪れも間遠くなり。その間に、わたしたちはスリリングなブランチをどうにか終えることができたのでした。

と、そんなふうに息抜きやら自然との小さな格闘やらをくり広げつつ、お仕事にも地道に励んでおります。これからも皆さまに末永く楽しんでもらえればと願っています。

瀬川貴次

平成三十年十一月

本書は一九九五年十一月に集英社スーパーファンタジー文庫として刊行されました。集英社文庫収録にあたり、書き下ろしの「来訪者」を加えました。

この作品はフィクションであり、実在の個人・団体・事件などとは、一切関係ありません。

本文デザイン／AFTERGLOW
イラストレーション／Minoru

集英社文庫

暗夜鬼譚《あんやきたん》 血染雪乱《ちぞめゆきみだれ》

2019年1月25日 第1刷

定価はカバーに表示してあります。

著 者 瀬川貴次《せがわたかつぐ》

発行者 徳永 真

発行所 株式会社 集英社

東京都千代田区一ツ橋2-5-10 〒101-8050

電話 【編集部】03-3230-6095

【読者係】03-3230-6080

【販売部】03-3230-6393(書店専用)

印 刷 中央精版印刷株式会社 株式会社美松堂

製 本 中央精版印刷株式会社

フォーマットデザイン アリヤマデザインストア マークデザイン 居山浩二

ISBN978-4-08-745832-9 C0193